目次

# 向かいの未亡人

# 第一章　下着泥棒

1

竹内亮介は近所のスーパーMで、食料品を籠に入れて、レジの列に並んだ。隣の列のほうが短いのに、敢えてここにいるのは、レジを打っているのが指原美可子だからだ。

美可子は、亮介が住むアパートの真向かいの家に住む三十五歳の未亡人だ。すごい美人で、レジの対応もいつも笑みを絶やさない。

そんな美可子に片思いをしていた。

今も、美可子は商品を読み取りながら籠に入れている。三角巾をかぶった、ととのった横顔に見とれてしまう。

亮介は都心の大学に通う二十歳で、三年前に瀬戸内海にある小さな島から大学に通うために東京に出てきた。

自然が豊かで、人口密度が極端に低い島と較べて、東京は信じられないほどに人が多く、また、生活様式や人のつきあい方もまったく違い、上京してもう二年半が経つのに、いまだに都会の暮らしに慣れることができなかった。

人見知りする性格のせいもあって、友人もできず、二十歳を過ぎても女性との交際で上手くいった例(ため)しがなく、いまだ童貞だった。

そんな亮介にとって、指原美可子を遠巻きに観察することが、心のオアシスになっていた。

亮介が上京したときは、向かいの家にはやさしい感じの夫がいた。息子もいて、三人はとても幸せそうな家族に見えた。

だが、好事魔多し――そのご主人が癌で亡くなり、それから、美可子は八歳になる息子と向かいの家で暮らしている。

亮介はアパートの角部屋に住み、しかもアパートが一段高いところに建っているせいで、道ひとつ隔てた向かいの家の様子が手に取るように見えてしまい、それもあって、ますます美可子のことが気になってしまうのだ。

レジの順番が来て、籠をレジ台に載せると、亮介に気づいた美可子が、にっこり微笑みかけてくれた。仕事中だから、美可子は余計なことは言わない。

だが、やさしい笑顔を向けられるだけで、亮介の胸は甘く疼いてしまう。

美可子が手際よく、商品のバーコードを読み取らせ、籠に入れていく。その入れ方もとても丁寧で、きっと性格も几帳面なのだろうと思う。

亮介の視線はついつい、制服のグリーンのエプロンをこんもりと持ちあげた胸のふくらみに吸い寄せられてしまう。

美可子は中肉中背でスタイルがとてもいい。とくに、胸が豊かで、おそらく、DかEカップ。

亮介の買い物はいつも量が少ないから、すぐにレジも済んでしまう。

「袋、どうされますか?」

美可子が笑顔で訊いてくる。

「ああ、要りません」

勘定を済ませ、亮介は籠のなかの商品を、持ってきたバッグに入れる。

その間も、美可子はテキパキと次の客のレジをしている。

以前は専業主婦をしていたが、夫が亡くなってすぐに、このパートを始めた。息子が小学校に通っているときにしかできないから、時間は短い。それでも、土日以外はほぼ毎日やっているから、大変だろうと思う。

もっと見ていたいが、あまりジロジロ見ては、美可子だって迷惑だろう。

亮介は後ろ髪を引かれる思いで、店を出た。

夜、ひさしぶりに木村雄司から電話がかかってきた。雄司は同級生で、今もS島の特産品である醬油の工場で働いている。唯一と言っていい亮介の親友だ。

いかに醬油造りが大変かをとうとうと述べる雄司に適当に相槌を打ちながら、亮介は窓のカーテンを薄く開けて、道ひとつ隔てたところにある指原家をぼんやりと眺めていた。

午後十時になって、一階にあるリビングの明かりが消え、しばらくして、一階の横側の明かりがついた。あそこはバスルームのはずだから、おそらく、美可子がお風呂に入っているのだろう。

二階の寝室とは反対側にある子供部屋の明かりが消えた。息子の浩樹が眠ったのだろう。

こうやって、指原家の様子を観察することが日課になっていた。

ついつい彼女が今、何をしているのか、気になってしまう。今もお風呂につかっている姿をぼんやりと想像しつつ、雄司からの長電話を受けている。

『亮介はどうなんだよ？　少しは、都会の暮らしに慣れたのかよ？』

スマホの向こうで、雄司が訊いてくる。

「慣れたよ……と言いたいところだけど、いまだにダメだな。大学はつまらないし、バイトも時々やるけど、長続きしないし……」

『そろそろ、就職活動の時期じゃねえか？』

「そうなんだけど……。やりたい仕事が見つかってなくて」

『だったら、島に戻って就職しろよ。オヤジ、役場に勤めてるんだから、同じ役場に入れてもらえよ。戻ってこいよ。うちら、みんな歓迎するからさ』

「そうだな。考えておくよ」

しばらく話をしていると、一階のバスルームの明かりが消え、二階の寝室の明かりが灯った。

美可子が風呂からあがって、寝室に入ってきたのだろう。

夫が生きていたら、同じベッドで抱き合えるし、心身とも癒されたに違いない。

だが、夫は亡くなってしまったのだ。

きっと、ひとりで寝るのは、つらいだろう。寂しいだろう。

『そろそろ切るぞ。暮れには帰ってくるんだろ？』

「ああ……島でのんびりしたいよ」

『待ってるぞ。じゃあな……』

電話が切れた。

明日は午前中の授業があるが、まだ寝るには早い。向かいの家の明かりが洩れている二階の寝室をぼんやりと眺めていると、カーテンが開いて、ネグリジェ姿の美可子がベランダに出てきた。

どうやら、乾いていなかった洗濯物を取り込みに出てきたようだ。

美可子は白いネグリジェにガウンをはおっていた。

残っていた洗濯物を取り込むその姿が、道ひとつ隔てたところで見えている。

このへんは閑静な住宅地で、前の道は狭く、夜が深まるとほとんど交通量がなくなる。

（ああ、すごい……！）

寝室の明かりがついていて、美可子の姿がはっきりと見える。

手を伸ばして、洗濯物を一枚、また一枚と取り込んで、手に持つ。ガウンがはだけて、白いネグリジェの胸元からは大きなふくらみと、ぽっちりとした突起が見える。

亮介は島で育ったせいか、視力が良くて、いまだに両目1・5を保っている。

（きっとノーブラなんだな。それで、あんなに乳首が……！）

股間のものが一瞬にして力を漲（みなぎ）らせる。

スエットパンツのなかに手を入れて、勃起を握った。

そのとき、洗濯物を手に持った美可子が、ちらりとこちらを見たような気がして、亮介はとっさにカーテンを閉める。

しばらくして、またおずおずとカーテンを開ける。

すでに、ベランダに美可子はおらず、寝室のサッシもカーテンも閉まっていた。

だが、いったん火のついた性欲はおさまらなかった。

亮介は週刊誌のグラビアページを開ける。何度もオナニー用に使っているし、バスルームでも見るから、週刊誌は水に濡れてふやけ、表紙も取れかかっている。

シングルベットに寝転んで、いつも見ているグラビアページを開ける。

あるＡＶ女優がモデルのページで、じつは、そのモデルが指原美可子にそっくりなのだ。

今も彼女は、お尻を突きだして、顔をこちらに向けている。

(ああ、美可子さんとやりたい……この姿勢で後ろからしたら、きっと気持ちいだろうな)

亮介はいきりたつものを握って、しごいた。

次のページを片手でめくる。

今度は、女優がブラジャーを外しながら、こちらを見ている写真だ。

オッパイも大きいが、何より、顔が似ている。

美可子と同じセミロングのウエーブヘアで、鼻筋は通り、口は比較的小さいけれども、唇はふっくらとしている。全体に穏やかだが、身体はすごい。

胸もたわわで、形よくふくらみ、尻も立派だ。全体に適度に肉がついて、むちむちしている。

もちろん、美可子の裸を見たことはないが、きっとこんな煽情的なボディをしているに違いない。

さらに、次のページがすごくエッチでそそられる。

女優は仰向けに寝て、両手で膝をつかんで、開いている。

下腹部の翳り（かげ）が半分ほど見えて、もう少しで女性器も見えそうだが、そこで写真は惜しくも切れている。

だが、こちらを見る彼女の表情が眉は八の字に折れていて、すごく感じている雰囲気があって、たまらない。

美可子もイクときはこんな顔をするのだろうか？

ぐんぐんと気持ち良くなってきて、週刊誌を置き、目を瞑（つむ）った。

頭のなかでは、さっき見た美可子の乳首を思い出している。

ネグリジェの薄い生地をツンと押しあげた二つの乳首――。

（ああ、美可子さん、ご主人が亡くなって、きっと寂しいんだろうな。だから、いつも乳首を勃起させているんだ。舐めたら、乳首をカチカチにさせて、よがるんだろうな）

亮介は童貞であり、女性とキスしたこともないから、すべてが想像でしかない。

（ああ、セックスしたい……！　ぁあああ、美可子さん。美可子さん……くううう！）

下腹部がジーンと熱くなり、猛烈にしごくと、それが極限に達して、

「ぁああ、美可子さん……！」

向かいの家の未亡人の名前を呼びながら、白濁液を噴きあげていた。

## 2

数日後の夜、亮介はアパートの部屋でスマホの音楽をイヤフォンで聞きながら、大学の講義に使う本を読んで、レポートを書いていた。

学部は経済学部だが、ひとり厳しい教授がいて、その先生の場合、しっかりとレポートを提出しないと、単位を取れないらしいのだ。

父は島の役場に勤めており、亮介の高い授業料を苦労して、捻出してくれている。それもあって、絶対に四年で卒業しないといけなかった。

キーボードを打つのに疲れて、カーテンの隙間からちらちらと外を見る。部屋にいても、向かいの家の様子をうかがうのが癖になっていた。

すでに深夜で、ベランダの向こうの寝室も明かりが消えている。

美可子は明日も早起きして、朝食を作り、息子を小学校に送り出し、その後も洗濯や家事を終えて、スーパーにパートに出る。

(大変だな……ご主人が健在なら、パートなんかしなくて済んだだろうに)

ぼんやりと外を眺めていたとき、黒ずくめの中年らしき男が、向かいの家を通りすぎていき、また戻ってきた。

どうも挙動が不審だ。

男は少し離れて、二階を見あげた。

ベランダには、洗濯物が干されてあった。

おそらく、美可子が朝のうちに洗濯できずに、パートから帰って洗濯をして干したもので、今夜は天気がよくなかったから、まだ乾いておらず、干したままになっているのだ。普通は寝る前に部屋に取り込んで干すのだが、きっと、忙しくて、忘れたのだろう。几帳面に見える美可子も時々、ぽかをするようだ。

男はきょろきょろと周囲を見まわすと、釣り竿のようなものをするすると伸ばし、その先でベランダの洗濯物を取ろうとしている。

(えっ、これって、下着泥棒だろう!)

そう言えば、隣町に下着泥棒が出没していると聞いたことがある。

(マズいぞ。マズい……!)

片思いをする未亡人の下着がこの不審人物の手に渡って、穢(けが)されるなんて、考えただけでもゾッとする。

自分で取り押さえたいが、腕力には自信がない。声をあげれば、逃げるかもしれないが、それでは、また来るかもしれないし、他の家でも下着泥棒をつづけるだろう。

ここは、思い知らせてやる必要があった。

亮介はスマホで、110番する。

『下着泥棒が、今、ベランダに干してある女性下着を盗もうとしています。住所は……』と連絡し、自分の名前を言って、電話を切った。

(早く来ないと、あいつ行っちゃうぞ!)

ヤキモキしているうちにも、男はピンチハンガーにさがっている下着を取ろうとして、ハンガーが揺れている。色ははっきりとわからないが、ハンカチやタオルに隠れて、ブラジャーやパンティが干されてあった。

(警察、早く来いよ!)

祈るようにして見守っていると、男が巧みな竿さばきで、ブラジャーを釣り竿みたいな細い竿の先に引っかけた。竿をするすると縮め、先についていたブラジャーをポケットに入れた。

(ああ、クソ……美可子さんのブラを! 警察、何してるんだ。早くしないと、逃げちゃうぞ！）

男はそれで味を占めたのか、ふたたび釣り竿を伸ばしはじめた。今度はパンティを奪おうとしているのだろう。

そのとき、道の向こうから、パトカーが近づいてくるのが見えた。サイレンを鳴らしていないので、もう少しでパンティをと必死になっている男は気づかないようだ。

パトカーが接近して、男はハッとした様子で竿を捨てて、脱兎の如く逃げだした。

竿の先に引っかかっていたパンティが宙を舞って、地面に落ちる。

（赤じゃないか……！）

亮介は赤い下着に昂奮しつつも、パトカーから降りてきた警官に、窓から身を乗り出すようにして叫んでいた。

「あの人です！　ポケットに下着が入っています！」

二人の警官はちらりと亮介を見あげ、それから、猛ダッシュで下着泥棒を追った。

男は前の道路を懸命に走っていたが、足がもつれて転んだ。

そこに二人の警察官が襲いかかり、男はあっと言う間に逮捕された。

そのとき、向かいの家の二階のサッシが開いて、ネグリジェ姿の美可子が出てきた。

何が起こっているのかと、怪訝(けげん)そうな顔で下を見て、男が取り押さえられているところを目撃して、エッという顔をした。

それから、向かいのアパートから身を乗り出すようにしている亮介を見て、おそらく事情がつかめないまま会釈し、ネグリジェの胸元を隠した。

しばらくして、現行犯逮捕された男をパトカーに押し込んで、警官がひとり、向かいの家の玄関口で、ガウンをはおった美可子に事情を話しはじめた。

美可子はびっくりしているようだったが、ちらっと亮介を見あげたから、きっと、亮介の通報で下着泥棒が捕まったことを知ったのだろう。

亮介も呼ばれて、階下におりていった。

目撃者と通報者として、正式に話を聞かせてもらうかもしれません、と警官に言われて、亮介はうなずく。

その頃には、何が起こったのかと不審に思っただろうアパートの住人や近所の住人が数人集まってきていた。

警官が男をパトカーで連行していくと、野次馬も消えた。

「ありがとうございます。通報をしていただいて、逮捕にも協力していただいたそうで……」

美可子がまっすぐに亮介を見た。

普段からさほど化粧はしていないようだが、こうしてスッピンで見ると、すごくかわいいし、きれいだ。ほんとうの美人はノーメイクでもきれいなのだ。

ガウンをはおっているが、かるくウエーブする髪が肩に散り、水色のネグリジェを押しあげたたわわな胸のふくらみが素晴らしく、その頂にはポツンと乳首がせりだしているのだ。

亮介はドギマギして、答える。

「いえ、たいしたことはしていません。でも、よかったです。し、下着がご無事で……」

ブラジャーは証拠品として押収されたが、地面に落ちたパンティは、あのあとで、美可子に返されたようだった。

「……下着を見ず知らずの男に悪戯されるのかと思うと、嫌悪感しかありません。助かりました。竹内さんのお蔭です」

美可子が深々と頭をさげた。

「いつも、スーパーに買い物に来ていただいて、ありがとうございます……。でも、よく下着泥棒を発見できましたね」

下着泥棒を目撃したのは、自分がいつも向かいの家の美可子を盗み見しているからだ。だが、それは絶対に言えない。

「えっ……ああ、レポートを書いてて、それで、ちらっと外を見たら、あいつがウロウロしてたんで……」

あたふたして言う。

「そうですよね？　わたしはもう寝ていて、覗いても真っ暗で何も見えなかったわけだし……」

美可子が意味ありげに口許をゆるめた。

（もしかして、知られていた？　いつも俺が覗いていることを知っていて、美可子さんは今、微笑んだんじゃないか……）

絶対にそうだ。この前、覗いているときに、目が合ったような気がした。あれは、勘違いじゃなかったんだ。そうでなければ、こんなときに口許をゆるめたりしない。

亮介は猛烈に恥ずかしくなって、顔が真っ赤に染まるのがわかる。

「すみません。子供には何があったか、知られたくないので、そろそろ……」

美可子が声をひそめた。

「そ、そうですね」

「……いずれまた、お礼をさせていただきますね。ほんとうにありがとうございました。では、お休みなさい」

美可子は一礼して、踵を返し、玄関に姿を消した。

3

三日後の夜、亮介は部屋でテレビを見ながら、時々、向かいの家の様子をうかがっていた。

下着泥棒を発見したお礼をしてくれると聞いたので、ひそかに期待していたが、美可子からの連絡はない。

(それはそうだよな。俺はただ下着泥棒を発見して通報しただけで、自分で捕まえたわけじゃないし……美可子さんも騒ぎに巻き込まれて、かえって迷惑だった

かもしれない)

夜の十一時になって、バスルームの明かりが消えて、しばらくして、二階の寝室に明かりがついた。だいたい十時から十一時の間に、美可子は寝室にあがる。時間通りだ。

だが、いつもと違ったのは、寝室のカーテンが一メートルくらい開いたことだ。レースのカーテンは引かれている。だが、部屋のなかが明るいので、薄いレースを通して、部屋のなかが透けて見える。

しかも、美可子は煌々とした明かりのなかでバスタオルを巻いただけの姿で、外を見ているのだ。

洗ったばかりだろう髪がかるくウエーブして、肩や胸元に散っていた。そして、胸元にはバスタオルが一直線に巻かれ、たわわな胸のふくらみまでが少しのぞいているのだ。

(どういうことだ? こんなことをしたら、俺の部屋から透けて見えるってことが、わかっているはずなのに……ああ、そうだ。このままでは、覗き見していることがバレバレだ)

亮介はとっさにカーテンの蔭に隠れ、部屋の照明を落とした。

すると、美可子がくるりと背中を向けた。バスタオルを外したので、レース越しにだが、一糸まとわぬ後ろ姿が浮かびあがった。

（……何だ、何が起こっているんだ……！）

向かいの家の二階は、この部屋からしか見えない。アパートは道路に対して、直角に建っていて、角部屋には亮介がいる。そして、このアパートの両隣は一方が駐車場で、反対側には不動産屋の店舗が建っているが、この時間には無人になるので、目撃される心配はない。

（それにしても……通りを歩いている人がいたら……！）

美可子の大胆さに驚いた。それでも、視線はレース越しに見える、向かいの未亡人に引き寄せられる。

後ろ姿のラインがセクシーだ。

女性の背中や尻に紗（しゃ）がかかったようで、幻想的でさえある。

視線を釘付けにされていると、美可子がくるりとこちらを向いた。

（ああ、すごい……！）

レースカーテン越しにだが、一メートルほどに開いたカーテンから、煌々とした明かりに照らされた美可子の裸身が浮かびあがっていた。

亮介はゴクッと生唾を呑む。

肌色のシルエットが優美なラインを見せ、色づいた乳首や下腹の翳りが透けて見える。

さっきから大きくなりかけていたイチモツが、ぐんと頭を擡(もた)げてきた。

十秒くらい、美可子は動かなかった。

まるで、亮介に見せてくれているようだった。

(もしかして、これが『お礼』なのか? 美可子さんは覗かれていることをわかっていて、お礼としてレース越しのヌードを見せてくれているのか?)

いかにも身持ちの堅そうな美可子がこんな大胆なことをしているのだ。それくらいしか、理由が思いつかない。

亮介が股間のものを握ったとき、美可子が白いネグリジェを足から穿いて、引きあげた。

腕を通して、着終えると、サッシに近づいてきた。

レースカーテンを開けて、じっとこちらを見る。

ここは、自分が見ていることを知らせなければいけない気がして、亮介もカーテンを開けた。

部屋は暗いが、テレビはついているから、窓越しにでも、自分の姿がぼんやりと見えるはずだ。

美可子が微笑んだような気がした。きっと、亮介が覗いていることをはっきりと確認できたのだ。

その直後、カーテンが閉められ、美可子の姿が消えた。

亮介はまたカーテンが開くのではないかと期待して、しばらくそのまま佇んでいた。だが、カーテンはもう開くことがなかった。

亮介はシングルベッドにごろんと寝転ぶ。

股間のものはいまだいきりたっている。ズボンとブリーフをさげて、イチモツを握った。

目を閉じる。

今見たばかりの光景が浮かんできた。

幻想的な背中とお尻。こちらを向いたときに見えた、大きくて形のいい乳房と色づいた乳首と下腹の黒々とした陰毛……。

きっと、美可子はあのお礼として、裸を見せてくれたのだ。

そして、やはり、美可子は気づいていたのだ。亮介が自分の家を覗いていたことに。

頬が焼けるような激しい羞恥心がひろがってくる。

同時に、下腹部が熱くなって、いきりたつものを握ってしごいた。

（ああ、美可子さん……美可子さん……！）

三十秒もかからずに、亮介は白濁液を噴きあげていた。

## 4

数日後の午前中、亮介は大学の授業に出る前に、Mスーパーに寄って、プリンターのインクを買った。このスーパーは食料品や日用品の他にも、文具やCD-Rなども売っているのだ。

籠にインクだけを入れ、迷った末に、美可子がレジをする列に並んだ。

胸が高鳴っていた。

三角巾をかぶるその優美な横顔を見ていると、あの夜に見せてくれた裸身が頭に浮かび、ドキドキしてしまう。

自分の番になって、籠を置いた。美可子がちらりと亮介を見た瞬間、その頬が赤らむのがわかった。

（ああ、美可子さんは自分のした行為を恥ずかしがっているんだ！）

ますます美可子が好きになった。

お金を払うときに、彼女はお釣りをレジのトレーに置きながら、亮介にしか聞こえない声で、ぼそっと言った。

「今夜、いつもの時間に……」

亮介はびっくりして、しばし呆然としていたが、我に返って、こくりとうなずいた。

籠のなかの数種類のインクを、リュックに入れるときも、亮介は平常心ではいられなかった。

（美可子さんが、『今夜、いつもの時間に』と言ってくれた。それは、美可子さんが寝室にあがるあのいつもの時間に、ということに違いない。つまり、またあれを……！）

ジーンズの股間が突っ張ってきて、亮介は勃起がおさまるのを待たなくてはいけなかった。

午後十時半、亮介は部屋の道路に面した窓に張りつくようにして、向かいの家を凝視していた。右手には小さな双眼鏡を握りしめている。

瀬戸内海に浮かぶS島で、天体観測をするときに使っていたもので、それを東京まで持ってきた。まったく役に立っていなかったが、ようやく活躍するときが来た。

午後十一時、アパート前の道路は人通りが途絶えた。向かいの家で、いつものようにバスルームの明かりが消え、しばらくして、二階の寝室の明かりが灯った。

（いよいよだ……！）

期待に胸ふくらませて、カーテンの隙間から覗きつづけた。だが、いっこうにカーテンは開かない。

（どういうことだ？　『今夜、いつもの時間に』と囁いたのは、このことじゃなかったのか？）

疑心暗鬼になったそのとき、向かいの家の二階のカーテンが少しずつ、ためらいがちに開いた。つづいて、レースのカーテンも開けられる。

（これは……！）

ぽかんと開いた口がしばらく閉じなかった。

一メートルほど開いたカーテンの作る額縁のなかで、シースルーの白いネグリジェをつけた美可子が立っていた。しかも、半分透けたネグリジェのなかには、赤い下着が見える。きっと、あのとき取り返された下着に違いない。

（すごい！　すごすぎる！）

いくら、他の人に見られる可能性が少ないとは言え、貞淑そうな未亡人がエロすぎる格好をさらしてくれているのだ。

しかも、道ひとつ隔てているとはいえ、レースカーテンも開いているので、亮介はじかにそのセクシーな姿を見ることができる。

（ああ、そうだ！）

亮介は握りしめていた双眼鏡を目に当てて、ピントを調節する。

見えた。丸見えだ。

倍率をあげると、双眼鏡のなかで美可子がぐっと近づいてきて、シースルーの白いネグリジェから透け出る赤いブラジャーとパンティがはっきり見えた。

途端に、股間のものが力を漲らせ、それが亮介にさらなる勇気をくれる。

双眼鏡をちょっとあげて顔を見る。

かるくウエーブした髪が、穏やかだが、どこかエロい顔をふんわりと包み込んでいる。

美可子がこちらを見た。双眼鏡を通じて、明らかに目が合った。

もしかすると、双眼鏡を覗いている亮介の姿が見えたのかもしれない。

美可子は恥ずかしそうに微笑み、片手で胸のふくらみを、もう一方の手で股間を隠した。

それから、ネグリジェの裾をつかんで、剝きあげるように頭から脱いだ。

（ああ、すごい……！）

色白の肌が見えて、亮介は全体が見えるように、倍率を調節する。

美可子は片腕で胸のふくらみを、もう一方の手で股間を隠していた。

中肉中背の均整の取れたボディだ。適度に肉がついて、その成熟した曲線と、むっちりした感じがとても色っぽい。

双眼鏡を握りしめる手のひらから汗が滲んできた。

それから、美可子は背中に手をまわして、赤い刺しゅう付きのブラジャーを外した。

（ああ、オッパイが……！）

双眼鏡で拡大しているから、この前とは見え方が違う。

また倍率をあげると、乳房が近づいてきて、たわわなふくらみとともに、乳首がはっきりと見えた。

薄い色をした乳輪から、小さな乳首がツンと頭を擡げている。

ごくっと生唾を呑んだ。

美可子が動いたので、乳房が遠ざかる。

しゃがんで、赤いパンティを脱いでいた。ぐっとさげて、足先から抜き取っていく。

乳房や尻は大きいのに、足はすらりとしている。それでも、太腿はむっちりとして、その中心に黒々とした翳りが見えた。

下腹部を狙ったが、ピントが合う前に、美可子がまた動いた。

ちらりと後ろを向いて、そこに置いてあった木製の揺り椅子に腰をおろした。

いつもはあんなところに椅子はないから、このために位置を移動したのに違いない。

（わざわざ椅子まで……！）

椅子に座っていた美可子が、おずおずと足を開きはじめた。片手で下腹部を、もう一方の手で乳房を隠している。すらりとした足が直角ほどに開いた。そこで、美可子はこちらを見たり、顔を伏せたりして、何かを迷っているようだった。

うつむいたまま、片方の手が乳房を静かに揉みはじめた。

直線的な上の斜面を下側の充実したふくらみが支えている、形のいい乳房だ。たわわなふくらみを揉みあげるようにしているので、乳房が揺れ、ほっそりした指が乳肌に食い込むのがはっきりと見える。

そのとき、美可子がゆっくりと顔をのけぞらせた。その手に力がこもり、やがて、指先が乳首をとらえた。

顎を突きあげたまま、乳房を揉みしだく。その手に力がこもり、やがて、指先が乳首をとらえた。

明らかに尖っている乳首を親指と薬指で挟んで、静かに捏ねる。

美可子はそのたびに顔をいっそうのけぞらせて、「あっ、あっ」と小さく喘いでいるように見える。

（オナニーだ！　オナニーするところを見せてくれているんだ！）

ものすごい昂奮のパルスが流れて、ジーンとした耳鳴りがしてきた。昂奮しすぎると、いつも耳鳴りがする。

手のひらから汗が滲んで、がっちりとつかんでいる双眼鏡が湿ってきた。

双眼鏡のレンズのなかで、ますます激しく乳房を揉みしだきながら、乳首を指でくりくりと転がしている。

我慢できなくなって、左手をズボンのなかに潜り込ませ、勃起しきっているものを握った。ゆるゆるとしごくと、頭の中が沸騰するような快感がひろがってくる。

ズボンが邪魔で、ズボンとブリーフを膝までおろした。そのとき、美可子の右足が動いて、肘掛けに乗せられた。

（ああ、これは……！）

すごい光景だった。

全裸の美可子が、片足を肘掛けにあげ、大きく股を開きながら、乳房を揉みしだいて、顔をのけぞらせている。

カーテンの作る細長い開口部のなかで、一糸まとわぬ裸身が煌々とした照明に仄白く浮かびあがり、額縁のなかでのオナニーショーでも見ているようだ。

亮介が握りしめた勃起をしごいていると、股間に押し当てられている美可子の指が静かに動きはじめた。

（ああ、ついに、あそこを……！）

双眼鏡をそこに向けて、倍率をあげた。

焦点を合わせると、見えた！

黒々とした恥毛の上を、ほっそりした指がなぞっている。

AVでは女性のオナニーを見たことはあるが、実際に見るのは、これが初めてだ。しかも、それをしているのは、亮介が片思いをしている向かいの未亡人なのだ。

心臓がどくどく鳴って、喉が異常に渇いてきた。

中指が中心を縦に擦る。

いったん内側によじられた左足がまた開いていく。

足を閉じたり開いたりしながら、美可子は中心の溝を上下になぞる。その指づかいが徐々に大きく、激しくなり、ついには、円を描くように擦り、上のほうを指でまわし揉みしている。

手がずれたので、美可子の陰部が見えた。

上には黒々とした恥毛が繁っているのに、本体の周囲にはまったく陰毛はなく、唇を縦にしたようなぷっくりした肉びらが、わずかに口を開けている。

（これが、オマ×コ！）

実際に女性のあそこを見るのは初めてだった。

左右の肉の唇の間にのぞく赤い粘膜がぬらりと光って、メチャクチャにそそられる。

（ああ、あそこにこれを入れてみたい！）

片手で勃起をしごいた。

目が眩むような快感がうねりあがってきて、いったん双眼鏡を外し、ナマで向かいの家を見た。

双眼鏡を使わなくとも、照明に浮かびあがる美可子の裸身はよく見えた。

すらりとした足をますます大きくひろげ、のけぞるようにして、乳房と股間をいじっている。

あまりにも美しすぎて、エロすぎて、夢を見ているようだ。

目の前の出来事が信じられない。だが、これは現実に起こっていることなのだ。

ふたたび双眼鏡を使って、その光景を見る。

美可子は顔をのけぞらせて、こちらを見ようとはしない。見てほしい。だが、きっと恥ずかしすぎて、亮介を見ることができないのだろう。

唇が開いて、「ぁあああ、ぁあああ」と喘いでいるようにも見える。

乳房を揉む手に力がこもり、荒々しくなって、股間をさする指も動きが激しくなる。

童貞の亮介にはっきりとしたことはわからない。だが、AVは何度も見ている。これは、女性がイク前に見せる仕草だ。

(イクのか？　美可子さん、俺にオナニーを見せつけて、イコうとしているんだ！)

いきりたっているものが躍りあがった。

(ダメだ。出そうだ……我慢できない。でも、もっと見ていたい。美可子さんがイクところを見たい！)

長持ちさせようと、しごく速度を調節する。

そのとき、美可子の指が陰部のなかにすべり込んでいくのが、見えた。

(ああ、指を挿入した！　美可子さんもオマ×コにおチ×チンを入れてほしいんだ。ご主人が亡くなって、きっと身体が疼いているんだ。欲求不満で悶々としているんだ。だから、こんなことを……！)

美可子の指がおさまり、次の瞬間、出てくる。出し入れを繰り返しながら、美可子は顔を大きくのけぞらせ、小刻みに震えているようにも見える。

（イクんだな。美可子さん、絶頂を迎えるんだな！）

そう感じると、もう我慢できなくなった。

亮介はふたたび勃起を強くしごく。

甘い快感がひろがって、すぐに切羽詰まってきた。

（ああ、ダメだ。出る、出そうだ！）

片手に持っている双眼鏡も動いてしまって、よく見えない。目から少し離して、揺れを抑える。

美可子の手の動きが速くなり、腰を前に突きだして、のけぞるように乳房を激しく揉みしだいている。

肘掛けにかけられた足の指がぐっと反っているのが見える。

次の瞬間、美可子は大きくのけぞりながら、がくん、がくんと震えた。

（きっと、イッたんだ。俺も……！）

猛烈にしごいたとき、熱い粘液がほとばしった。

それは、亮介のオナニー史上、最高の快感だった。

目を瞑って、噴きだす快感を味わった。出し尽くして、目を開ける。

と、美可子が掃きだし式のサッシに近づいてきた。

ネグリジェで裸身を隠し、ちらりとこちらを見た。

亮介のことが見えたかどうかはわからない。美可子は羞恥の色を浮かべ、それから、ゆっくりとカーテンを閉めた。

# 第二章　未亡人の舌

## 1

その日は東京が大雪に見舞われ、朝の十時に、亮介は最寄り駅からとぼとぼアパートに向かって歩いていた。

雪が激しくなり、電車もストップし、大学の講義も中止になった。

(失敗したな。こんなことなら、部屋にいればよかった)

亮介は後悔しつつも、雪の積もった歩道を歩く。

昨夜からの雪が凍結して、歩道はすべりやすくなっている。

亮介は瀬戸内海の島で育っているから、雪には慣れていない。すべらないように気をつけているものの、履き古して底がつるつるのスニーカーのせいか、ちょっとした弾みでこけそうになる。

とにかく転ばないように気をつけていたが、そのとき、路地から一匹の猫が飛びだしてきた。

すごい勢いで、亮介の直前を走り抜けていく。

一瞬、その猫を蹴りそうになって、亮介は急ブレーキをかけ、タタラを踏んだ。

軸足がつるっとすべった。

「あっ」と思ったときは、亮介の体は宙に舞っていた。

後ろに転びながらも、後頭部だけは打たないようにとっさに体をひねった。

ガンと地面に叩きつけられ、激痛が走る。

(痛ぁ……!)

左膝と足に痛みを感じつつも、本能的に立ちあがろうとする。

だが、肘と膝が痺れていて、立てない。

(ああ、くそっ……やっちまったな! あの猫が……!)

道路を無事に横断した三毛猫は、すでに姿を消していた。

地面にうずくまっていると、一台の車が横付けされる。クリーム色のかわいらしい軽自動車は、向かいの家の駐車場にいつも停まっているものだった。

(……美可子さん!)

ハザードランプがちかちかと点滅し、運転席から指原美可子が周囲を注視しながら、出てきた。

すべらないように気をつけながら、近づいてくる。車内は暖房が効いていたのだろう、フィットタイプの胸元が大きく開いたニットを着て、膝丈のボックススカートを穿いている。

「どうしたの? 大丈夫?」

美可子が心配そうに屈み込んで、亮介を見た。

「すべって転んでしまって……大丈夫ですから」

憧れの女性に見栄を張り、亮介は必死に起きあがった。だが、肘と膝が痛くて、立っているのがやっとだ。

「肘から血が滲んでるわ。病院に行く?」

自分のことをこんなに心配してくれる美可子にほろっときて、ますますこの人が好きになる。

だが、病院は大嫌いだ。行きたくない一心で、ちょっと歩いてみる。少し痛いが、歩けないほどではない。

「骨には異常はないみたいです。平気です。歩けますから」

歩き出したものの、膝がまだ痛くて、顔をしかめていた。

「車に乗って……」

「いえ、それでは……」

「まだ、家には十分はかかるでしょ？　また転んだら、どうするの？　いいから、乗って。家まで送っていくから……遠慮する関係じゃないでしょ？」

美可子がにこっとした。笑うと向かって右側だけに笑窪ができて、愛らしさが増す。

（きっと、この前のオナニーのことを言っているんだな。美可子さんはオナニーを見せて、俺はそれを見て、お互いに昇りつめた）

「早く！　交通の邪魔になるわ」

「あ、ありがとうございます」

美可子が助手席側のドアを開けてくれたので、痛みをこらえて、シートに腰をおろす。

美可子は反対側にまわり、運転席に乗ると、タオルを取りだして、

「これで、肘を押さえて。膝は我慢してね」

亮介は感謝しつつ、受け取ったタオルで左肘を押さえた。

美可子が慎重に後ろを確認して、車を出す。

ものの数分で着いてしまうだろうが、亮介はドキドキしていた。憧れの未亡人の運転する車の助手席に座っているのだ。

コンパクトカーなので、車内は狭く、手を伸ばせば届くところに、美可子がいる。しかも、自分はこの人のオナニーシーンを見せてもらっているのだ。

股間のものがふくらんできて、そこを手で隠す。

「正式にお礼をしていなかったわね。下着泥棒を捕まえてくれて、ありがとう。すごく感謝しているのよ」

「あっ、いえ……もう充分にお礼は……」

窓越しのオナニーの件をそれとなく匂わせると、美可子の顔が急に真っ赤に染まった。

亮介の言葉を理解して、恥ずかしくなったのだろう。

美可子が話題を変えてきた。

「病院は行きたくないの？」

前を向いたまま言う。その美人だけが持つ、凜とした横顔に見とれつつも、

「はい……それに、打撲とすり傷だけで、たいしたことはないような……」

「いずれにしろ、応急手当はしなくてはね。竹内くん、救急箱とか持ってるの？」

「いえ、持っているのは風邪薬だけで……」

「……いいわ。うちのを持っていって、手当てしてあげる」

「いえ、そんな……」

「いいのよ。わたしたら、遠慮する仲じゃないんじゃない？」

ステアリングを握った美可子がちらりと横を向いて、微笑んだ。

（ああ……！）

強い昂奮が流れて、下腹部がズキッとする。

さっきも、二人のことを『遠慮する関係ではない』と言ってくれた。

この前のスーパーでもそうだった。普段はとても穏やかで、清楚な感じなのに、時々、ドキッすることを言うし、する。

容姿だって、細面のととのった美人なのに、どこか、色っぽい。いつも伏目がちにしているせいか、それとも、細面でいながらむっちりとした肉体のせいか、

男を惹きつけずにはおかない雰囲気が滲み出している。

こんなことを思ってはいけないことだが、美可子さんがアダルトビデオに出演したら、絶対に人気が出るだろう。

車は指原家の駐車場に着いて、二人は車を出る。

「アパートの部屋にいて。すぐに救急箱を持って、行くから。部屋は？」

「ああ、はい……205号室です」

「そこの部屋だものね。わかったわ。ひとりで階段、あがれる？」

「はい……何とか」

「じゃあ、すぐに行くから」

美可子が玄関の鍵を開けるのを見て、亮介も向かいのアパートに向かった。

2

階段をあがって、二階の角部屋に入り、エアコンの暖房を効かせ、散らかっている部屋を片づけようとしていたとき、ドアがノックされた。

「あ、ああ……今開けます」

思ったより早い。部屋を片づける時間もなかった。恥ずかしいが仕方ない。

右手でドアノブをつかんで開くと、美可子が救急箱を抱えて、立っていた。

「どうぞ、散らかってますけど」

美可子が入ってきた。

白のニットに黒いダウンのベストを着て、膝丈のスカートを穿いている。

何の変哲もない格好だが、スタイルがいいせいか、カジュアルな女性の魅力があふれている。

「あらあら、大変なことになっているわね」

1DKの部屋をざっと見まわして、美可子が微苦笑した。

シングルベッドは起きたままの状態で布団がめくれあがり、小さな炬燵(こたつ)の上には、カップ麺を食べた容器が載っており、床のカーペットにも雑誌が散乱している。

「すみません……散らかっていて」

「ほんとうだわ……男子大学生の部屋に入るのは、生まれて初めてなのよ。手当ての前にちょっといい？」

美可子は救急箱を置いて、炬燵の上の容器を持って、キッチンでそれを洗い、分別用のゴミ箱に捨てた。

それから、めくれあがっていた布団を直し、枕の位置も正した。

床に散乱していた雑誌を拾い集めて、部屋の隅に重ねて置く。

亮介は童貞で、これまで恋人ができたこともなかった。だから、母以外の女の人に部屋を片づけてもらうなど初めてのことだ。

うれしくて、胸がジーンと熱くなった。

「これでいいわ。ゴメンなさいね。散らかっていると、どうしても片づけたくなって……とくに、きみの部屋は……ゴメンなさい。お母さんみたいね」

「いえ、うちの母は美可子さんほどきれいじゃないです」

「あらっ、そんなことを言っていいの？　ダメよ。自分を生んでくれたお母さんのことをそんなふうに言っては……」

美可子がやさしく微笑んだ。

その笑顔に、またまた胸がキュンとなってしまう。

どう考えても、美可子を母だとは思えない。彼女は自分にとって、年上の恋人だった。それも最上級の。

「手当てをしなくちゃね。どうしようか……服を脱いで、腕をまくれる？」

亮介はセーターを脱いで、ネルシャツの袖をぐいとまくりあげた。左肘が赤くなって、擦りむけていた。

それを見て、美可子は眉をひそめ、ダウンのベストを脱いで、亮介の隣に腰をおろした。

救急箱から消毒液を取り出し、ガーゼに含ませて傷口を拭く。

身を乗り出すようにして消毒をしてくれているので、顔が間近にせまっている。髪のいい香りがする。

タイトフィットの白いニットが大きな胸のふくらみを強調していて、その甘美なふくらみに触れてみたくなる。

この胸に顔を埋めたい。すりすりして、乳首を吸いたい。

しかも、美可子は先日、寝室で亮介が覗いていることを承知で昇りつめたのだ。まだ生々しい記憶があるから、とても平静ではいられない。

(今、抱きしめたら、美可子さんはいやがるだろうか？　ああ、ぎゅっとしたい……！)

美可子はガーゼを傷口に当てて、そこに包帯を巻いていく。

肘が曲げられるように上下に分けて、巻いてくれている。

巻き終えた包帯を留めて、言った。

「動かしてみて……平気そう？」

亮介は肘を曲げたり伸ばしたりして、

「大丈夫です」

「よかった……今度は、膝ね。どうしようか？　ズボンを脱がないと、手当てできないわね」

「じ、自分でします」

「できる？」

「たぶん……」

「じゃあ、後ろを向いているわね」

美可子がくるりと背中を向けた。

ほんとうは、美可子に手当てをしてほしかった。自分でできるなんて、言わなければよかった。だが、もう遅い。

亮介も背中を向けて、立ちあがり、膝の破れかけたジーンズをおろし、足先から抜き取った。

灰色のブリーフの股間が、むっくりと頭を擡げていた。

（勃起を見られなくてよかった……）

見てもらいたいという気持ちもある。それでも、治療中にあそこをエレクトさせているのを見られるのは、かなり恥ずかしい。

左膝は擦りむけていて、赤い血が滲んでいた。

膝を立てて座り、消毒液で洗った。沁みたが、どうにかできた。

だが、包帯を巻こうとして、はたと困った。

包帯をただぐるぐると巻けばいいというわけではない。とくに関節部分は上手く巻き分けないといけない。しかし、それができない。

巻いては解いてを繰り返していると、美可子の落ち着いたアルトの声が聞こえた。

「無理みたいね。わたしがやってあげる」

振り向くと、いつの間にか美可子がこちらを向いていた。

「でも……」

「いいのよ。遠慮する仲じゃないでしょ」

そう言って、美可子が正面にまわり、カーゼを傷口に当てて、その上から包帯を巻きはじめた。

やはり、上手だ。自分とは全然違う。

巻きやすいようにと、美可子は片膝を突き、その膝の上に亮介の伸ばした左足を乗せて、膝に包帯を巻いている。

片膝を突いているので、スカートがずりあがって、ナチュラルカラーのパンティストッキングに包まれた、むっちりとした太腿がかなり奥まで見えてしまっていた。

奥の下着までは見えない。だが、屈曲して量感を増した太腿の肉がしなり、奥に行くにつれて、むっちりと充実しているのがわかる。

肌色のパンティストッキングの光沢が、いっそういやらしさを増していた。

（ああ、マズい……！）

ますます硬くなったイチモツが、ブリーフを持ちあげてくる。

ばれないように、そっと股間を隠した。美可子が言った。

「いいのよ、隠さなくても」

「えっ……？」

「わたしはきみに恥ずかしいところを見せたのよ。そうよね？」

「は、はい……」

「だから、きみだけ恥ずかしいとこを隠すって、不平等じゃない？」

美可子が顔をあげて、にっこりした。笑うと、右側に笑窪がくっきりと刻まれて、かわいくなる。

亮介はうなずいて、股間から手をおずおずと離す。

（ああ、勃起がまるわかりだ！）

自分が見ても、灰色のブリーフをイチモツが持ちあげて、三角にテントを張っているのがわかる。それも、尋常な角度ではない。

包帯を巻き直しながら、美可子はちらちらと股間に視線を送ってくる。

片膝を突いた美可子のスカートがさっきよりずりあがって、むっちりとした太腿とその奥の下着がもう少しで見えそうだ。

と、美可子がぐいと膝をひろげた。

明らかに、意識的にやっている。この前のように、見せてくれているのだ。見ていいのよ、と誘っているのだ。

亮介がじっと見ていると、美可子がさり気なくスカートをまくりあげてくれた。

（ああ、見えた！）

今日はラベンダー色だった。富良野のラベンダー畑を思わせるクロッチが肌色のパンティストッキングから透けだしている。

股間のものが頭を振った。

「すごいね。今、ビクンって」

包帯を巻き終えた美可子が、亮介を見て言い、視線をそのまま下腹部へとおろしていく。

「訊きたいことがあるんだけど？」

「な、何でしょうか？」

「竹内くんは、わたしを覗きながら、いつもここを大きくしているの？」

あまりにもダイレクトな質問に驚いた。だが、ここは正直に答えたほうがいいような気がする。

「はい……すみません」

「ここをオッキくして、どんなことをしているの？」

美可子の亮介を見る瞳がきらっと光った。

「それは、あの……」

「もしかして、自分でしてる？」

「……ああ、はい。すみません」

「いいのよ。そうじゃないかと思ってたの。わたしもああいうところを見せたんだから、きみもしてくれていいのよ」

口角を吊りあげて、にこっとする。

（さっきまでは丁寧に手当てをしてくれていたのに、いきなり……）

美可子にはこういうところがあるのだと思った。いったんスイッチが入ると、豹変する。

亮介の顔を見ながら、膝に乗せている亮介の太腿を指でスーッ、スーッとなぞってくる。

「ぁああ、くっ……！」

触れるかどうかの微妙なタッチが股間に近づいてきて、ぞわっとした瞬間に、またイチモツが頭を振った。

「……うぁああ！」

亮介はうねりあがる快感に天を仰ぐ。

美可子の指が這いあがってきて、ブリーフの股間に触れたのだ。

細い指が高々と持ちあがった股間のふくらみを、ブリーフ越しにさすりあげてくる。

カーペットに座っている亮介の足の間に身体を入れて、ぐっと近づき、手のひらで勃起を下からさすりあげてくる。

「あっ……くっ……」

立ち昇る快感があまりにも大きくて、呻き声しか出ない。

それに、美可子はさっきよりぐっと近づいていて、つやつやのウエーブヘアに包まれた穏やかな顔が、目の前にせまっている。

四つん這いになっていて、スカートに包まれた尻が持ちあがり、その姿勢がとてもいやらしい。

「寒くない？」

美可子が気をつかってくれる。

「だ、大丈夫です。エアコン、がんがんかけていますから」

「怪我は大丈夫そう？」

美可子が心配してくれる。

「はい……もう、痛みも感じません」

「よかったわ。打撲だけだったみたいね。あそこで、きみが転んでいたのを見たとき、助けなくてはと感じたの。きみがいたからこそ、下着泥棒を逮捕できた。

だから、そのお礼をしなくちゃと、ずっと思っていたのよ」

「……それで、オ、オナニーを？」

「それだけじゃないのよ……その前から、きみの視線を感じることが多くて」

微苦笑して、美可子は顔を伏せ、ブリーフ越しのキスを浴びせてきた。

ちゅっ、ちゅっと唇を押しつけられると、甘くて峻烈な快感が体を貫いた。

「くっ……くっ……ぁあぁぁぁ」

亮介は気持ち良すぎて、座っていられなくなり、後ろに倒れた。

すると、それを望んでいたとでもいうように、美可子が上体を乗り出し、股間のふくらみに頬擦りしてくる。

（ああ、こんなことまで……！）

きっと、夫を亡くしてから、悶々としていたのだ。

そうでなければ、たとえお礼だとしても、自分のように覗き見している大学生にオナニーを見せたり、勃起に頬擦りしたりするはずがない。

「何か、恥ずかしいわ。きみを見ると、すごくエッチな気分になってしまう。こんなこと、初めてなのよ。結婚してからは、夫一筋だったから」

美可子は唇をブリーフに接したまま、言う。

「ご主人、とても幸せそうでした。ずっとご主人が羨ましかった。ここに引っ越してきてから、ずっと、あなたを……」

「だいぶ前から、気づいていたわ。きみがわたしを見ていることに……最初はいやだったけど、悪質な覗きではないことがだんだんわかってきて……きみはわたしが好きなのよね。違う？」

美可子がきらきらした瞳を向ける。

恥ずかしかったが、ここは思いを告げるしかない。

「……そうです。ずっと好きです」

思い切って、告白した。

「ありがとう。自分を好きだと言ってくれる人がいて、わたしも満更じゃないのかなって……」

美可子は微笑み、ちゅっ、ちゅっとブリーフにキスをし、ますますいきりたった肉棹をブリーフの上から握った。

「カチカチね。ブリーフの上からでも、熱が伝わってくるようよ」

そう言って、ブリーフの横から手をすべり込ませた。ひんやりした指をじかに勃起に感じて、

「くっ……！」

亮介は呻く。

美可子はいきりたつものの硬さや形状を確かめるように握って、ゆったりとしごく。

「ぁああ、くっ……！」

ジーンとした痺れが勃起からひろがって、足がピーンと伸びてしまう。

「大きいね」

美可子が言う。

「そ、そうですか？」

「ええ……立派よ」

そう言われただけで、亮介はうれしくなる。

きっとお世辞に違いない。自分でも、あそこが大きいなどと思ったことはない。二十歳になっても童貞で、女性とキスをしたこともない自分に引け目を感じていた。それが、今の言葉で励まされた。

美可子は肉棹を握って、ゆったりとしごく。灰色のブリーフが上下に揺れている。美可子の胸元がゆるんで、灰白い乳肌が少し見えている。

美可子がブリーフから手を抜き、両手をかけて、引きおろしにかかる。

亮介が少し腰を浮かすと、灰色の布がさがっていき、足先から抜き取られた。

転げ出てきたイチモツを、亮介はとっさに隠した。

美可子はその手を外し、いきりたつものを見て、

「すごい……先っぽが、お腹につきそうよ」

亮介に向かって、微笑んだ。

「すみません……」

「いいのよ。逞しいわ」

美可子は急角度でそそりたつものを右手で握って、静かにしごく。それから、亮介を真剣な目で見て、イチモツに顔を寄せてきた。

(ああ、とうとう……!)

美可子は亀頭部にちゅっとキスをして、様子を見、つづけてキスを浴びせてくる。

ふっくらとした柔らかな唇が押し当てられるだけで、そこから電流のような快感が流れ、分身が反応して、びくん、びくんと躍りあがる。それを見て、

「すごく敏感ね。もしかして、初めて?」

肉棹を握ったまま、アーモンド形の目を向けてくる。

ウソをつこうかとも思った。でも、美可子相手にウソをつくのはいやだ。

「……は、初めてです」

事実を言った。

「そう……ひょっとして、女の子とつきあったこともない？」

「はい……俺、地元が瀬戸内海のS島で、あんまり人口多くないし、女の子も少ないから」

「そうだったんだ？　瀬戸内海は好きよ。大好き……小さな島がぽつん、ぽつんと浮かんでいて」

「うれしいです」

「きみが純粋な理由がよくわかったわ。でも、つきあったことはなくても、キスの経験はあるんでしょ？」

「いえ……ないです」

「そう……じゃあ、何から何までわたしが初めということね。責任重大だわ」

やさしく微笑んで、美可子がまた亀頭部にキスをした。それから、茜色のてかつく亀頭冠の真裏を舐めてくる。

最初はくすぐったいだけだったのに、しばらくすると、ジーンとしたうねりのようなものがひろがってきて、ごく自然に腰を上へ上へと持ちあげていた。

なめらかな舌が横にずれて、亀頭冠の裏をぐるっとまわる。まわしながら、カリを舌で擦っている。

「ああ、くっ……！」

「感じる？」

「はい、すごく……ぁああ！」

亮介は吼えて、カーペットをつかむ。

「我慢しなくていいからね。出したくなったら、出していいのよ。わかった？」

「ああ、はい……」

美可子が唇を開きながら、頬張ってきた。

「ぁあああぁ……！」

亮介はまたまた嬌声をあげる。

湿っていて、温かい。

美可子は一気に根元まで咥え、そこで、ちらりと見あげてきた。

目が合って、美可子はそのままゆっくりと唇をすべらせる。

視線を合わせていられなくなって、亮介は顔をのけぞらせ、目を瞑った。

するると、柔らかな唇が勃起の表面をゆったりと上下に動くのがわかる。

(ああ、フェラチオって、こんなに気持ちいいものなんだ。すごい……おチ×チンが蕩けていく)

うねりあがる快感に、目を閉じてしまう。

ほんとうは見たい。恋慕している女性がどんな顔で自分のイチモツを咥えてくれているのかを、この目で確かめたい。

だけど、気持ち良すぎて、目も開けられない。

「ぁああ、ダメです。出そうだ……もう、出そうだ!」

思わず訴えると、美可子はちゅるっと吐き出して、

「いいのよ。出しても……呑んであげる」

そう言って、また頬張ってくる。

ギンギンになった肉棹を、柔らかな唇がすべる。止まったと思ったとき、何かが下側にねろねろとからみついてきた。

(舌だ! 美可子さん、頬張ったまま舐めてくれているんだ!)

「くうぅぅ……!」

ペニスの下側はすごく感じるみたいだ。そこに舌がねろりねろりとアイスバーでもしゃぶるようにからみついてくる。

気持ち良すぎた。

ジーンとした痺れが快感へと成長し、熱い風船が急激にふくれあがってくる。

(ダメだ。出したら、美可子さんのなかに入れられない。童貞のままじゃ、いやだ！)

我慢しようとした。

だが、唇の上下の動きが速く、大きくなると、どうしようもなく切羽詰まってきた。

「ああ、出ます……出る！　おおおぉ、ぁあああぁぁ……！」

吼えながら放っていた。

ドクッ、ドクッとしぶかせると、全身にパルスが流れ、体が自然に突っ張ってしまう。

気持ち良すぎた。

これまでのどの射精より気持ちいい。しかも、躍りあがる本体を美可子は頬張ったまま、口を離そうとしない。

ほぼ放ち終えたとき、チューッと尿道口を吸われて、残りの精液まで吸い尽くされる。

放出が終わると、そこでようやく美可子は口を離し、顔をあげながら、ぐふっ、ぐふっと噎せた。

口に手の甲を当てて、亮介を見る。その瞳が涙ぐんでいるみたいに、潤みきっていた。

3

美可子はキッチンシンクの前に立って、手で水道水を受けて、ウガイをした。

むっちりとした尻の目立つ後ろ姿に見とれていると、奇跡が起こった。

小さくなりかけたイチモツがむくむくと頭を擡げてきたのだ。

振り返った美可子がぎょっとしたように動きを止めた。勃起したペニスに視線を注いで、

「若いってすごいわ。もう、そんなにして……」

「すみません」

「今、何時?」

「ええと、十一時半です」

「そう……じゃあ、まだ浩樹が帰ってくるまで三時間はあるわね」

美可子は窓辺に立ち、カーテンを少し開けて外を見て、

「雪は止んだみたいね」

振り返って言った、

「……裸になって、ベッドに寝て」

喜び勇んで、亮介は服を脱ぎ、素っ裸でベッドに横たわる。さすがに裸だと寒いので布団をかぶった。

射精してしまったときは、これでせっかくのチャンスを逃したと思った。

なのに、こんなに早く……。

美可子がニットを頭から抜き取って、スカートをおろす。

(ああ、スリップがよく似合う!)

美可子はシルクベージュのショートスリップを着ていた。

「スリップだけはつけさせてね」

そう言って、美可子はラベンダー色のブラジャーを器用に抜き取り、同じ色の

パンティもおろして、足先から脱いだ。

裾の短いスリップが裸身にまとわりつき、たわわな乳房の形や乳首の突起がはっきりとわかる。左右の太腿がくっきりと浮きでて、その奥に深い窪みができている。

あの下には無防備な女の園があるのだと思うと、ドキドキしてしまう。

美可子が近づいてきた。

布団をあげて、亮介の隣に身体をすべり込ませ、

「肘と膝は大丈夫？」

「ええ、全然、平気です」

「よかった……」

美可子は身を乗り出すようにして、仰向けになっている亮介に覆いかぶさり、やさしく抱きしめ、

「こうしていると、温かい。人ってこんなに温かかったのね」

胸板に頬を擦りつけてくる。

亮介もおずおずと美可子の背中に手をまわして、つるつるのスリップ越しに縦に撫でる。左肘と膝はまだ少し痛みが残っているものの、美可子を抱けるのだと

思うと、そんなものは吹き飛んでしまう。

むしろ、転んだからこそこうなったのだから、怪我に感謝したい気分だ。

美可子は亮介の短い髪を撫でて、

「髪が硬いね。痛いくらい」

「ああ、すみません。昔からこうなんです」

「いいのよ。男らしくていいわ」

美可子はにこっとして、顔をちょっと傾けながら寄せてきた。

（キスか？　キスしてくれるのか？）

次の瞬間、美可子の唇が淡い吐息とともに重なる。

（ああ、これが……柔らかい。ぷるぷるしてて、メチャクチャ柔らかい）

感激した。だが、人生初のキスなので、どうしていいのかわからない。ただただ、唇を合わせている。自分の息が荒くなるのがわかる。

美可子はちゅっ、ちゅっと角度を変えて、唇を重ね、それから、舌で唇をなぞってきた。

（ぁああ、ぬるっとしていて、気持ちいい！）

唇が開いてしまう。と、その間から、舌が差し込まれた。

亮介は何もできない。その間にも、美可子のよく動く舌が歯茎の裏をなぞり、さらに、舌をとらえる。

されるがまま舌をからめられ、吸われる。

美可子は両手で亮介の顔を挟みつけ、ちろちろと舌先でくすぐってくる。

脳が蕩けるような陶酔感が下半身にもひろがっていき、ペニスがますますいきりたつ。

すると、それがわかったのか、美可子の手が伸びた。

右手をおろし、そそりたつものを握って、ゆっくりとしごく。そうしながら、唇を合わせ、舌をからめてくる。

気持ち良すぎた。

キスされたとき、ペニスもいじってほしいと思った。それをそのまま実現してくれている。女性も美可子くらいになると、男性が求めていることが手に取るようにわかるのだ。

美可子が唇をおろしていく。首すじから胸板にかけて舐めおろされると、ぞわぞわっとした戦慄が起こった。

なめらかで潤沢な唾液の載った舌が、乳首にたどりつく。

そこで、美可子はセミロングの髪をかきあげて艶めかしく見あげ、乳首を舐める。

ちゅっ、ちゅっとキスを繰り返し、長くて細い舌をいっぱいに出して、突起を上下左右にくすぐる。

「あっ、くっ……」

思わず呻くと、

「気持ちいい？」

美可子が顔を接したまま、訊いてくる。

「はい、すごく……」

「そうよね。ここもますます元気……」

微笑んで、美可子がまたイチモツを握る。さっき放出したとは思えないほどにギンとした分身を強弱つけてしごきながら、乳首をかわいがってくれる。

(すごい……世の中にこんな気持ちいいことがあったんだ！)

亮介はひろがってくる快感に酔いしれる。

美可子は左右の乳首を丁寧に舐め、それから、顔をおろしていく。

なめらかな舌が脇腹を這い、中央に戻って、臍から真下へとさがっていった。

（ああ、また……！）

温かい息が下腹部にかかり、その直後、肉棹を頬張られた。

濡れている口腔が硬直を包み込み、ふっくらとした唇が上下にすべる。

「ぁああ、くっ……ぁあああ」

気持ち良すぎた。

美可子は顔をゆっくりと大きく打ち振り、ちゅぽっと吐き出して、側面を舐める。横側に唇をすべらせ、舌をからみつかせてくる。

そうしながら、様子をうかがうように大きな目で、じっと亮介を見ている。

甘く蕩けるようだ。だが、さっき出したせいで、さしせまってはいない。

美可子は長い舌をいっぱいに出して、茎胴を舐めながら、どう感じる？　というように亮介を見ている。

「気持ちいいです」

言うと、美可子は安心したように微笑み、また上から咥えてきた。

根元を握って、ぎゅっ、ぎゅっとしごきながら、途中まで唇をすべらせる。

さっきまでは大丈夫だと感じていたのに、蕩けるような快感が込みあげてきた。

「くうぅ……出ちゃいます！」

訴えると、美可子はちゅるっと吐き出して、亮介の様子をうかがった。

## 4

それから、またがってきた。

亮介の下腹部の両側に足を突いて、力士が蹲踞（そんきょ）するような姿勢で、足をM字に開いた。

シルクベージュのショートスリップの裾がまくれて、むっちりとした左右の太腿の奥に黒々とした台形の恥毛がのぞく。

（ああ、いよいよ……だ！）

胸を高まらせて、その瞬間を待った。

美可子は肉棹をつかんで、恥肉に押し当てて、ゆっくりと腰を振った。なかから果汁があふれだし、

「ぁああ、いい……恥ずかしいわ。これだけで、すごくいいの、ああ……」

顔をのけぞらせる。

それから、右手で勃起を導いたまま、沈み込んできた。

いきりたつものが、とても窮屈な入口を押し広げていき、次の瞬間、ぬるっと嵌まり込んでいき、

「うあっ……！」

美可子は顔を撥ねあげる。

それから、歯を食いしばりながら、一気に腰を落とす。

猛りたつものが、恋い焦がれる女性のなかにすべり込んでいき、

「ぁああああぁぁ……！」

美可子が顔をいっぱいにのけぞらせた。

「くっ……！」

と、亮介も奥歯を食いしばる。

想像以上になかは温かく、ぬるぬるだった。濡れた粘膜がびくっ、びくっと分身を食いしめてくる。

「ぁああ、きついわ……ひさしぶりなのよ」

そう言って、美可子はしばらくそのまま動かない。

じっとしていても、とろとろの粘膜がきゅ、きゅっと勃起を締めつけてくる。

（すごい……女の人のここって、こんなに締めてくるんだ！）

美可子の腰がゆっくりと動きはじめた。

膝を立て、太腿を大胆にひろげながら、腰を前後に揺らせる。

勃起を揉みしだかれるような快感が立ち昇ってきた。

潤みきった膣が、いきりたつものを擦りながら、前後に動き、亮介は快感に酔いしれる。

スリップの胸元が切れ込んでいるので、たわわな乳房の上のほうが見える。柔らかいスリップが張りついて、乳房の形も乳首の突起もよくわかる。しかも、ショートスリップの裾がまくれあがっていて、自分のイチモツが陰毛の底に嵌まり込んでいるその様子も目に飛び込んでくる。

美可子の腰振りがだんだん激しくなっていった。

前に屈んで胸板に手を突き、ついには、腰を上下に振った。

いきりたつものを、締まりのいい膣が動いて、縦に擦りあげられる。

「ぁああ、ダメです。出ちゃいます！」

思わず訴えると、美可子が顔を寄せてきた。

挿入したまま身を屈めて、キスをしてくる。

唇が重なって、すぐに舌が押し込まれた。

「んんっ……んんん……」

美可子はくぐもった声を洩らしながら、舌をからめてくる。

（ああ、すごい……！）

おチ×チンを入れた状態で、キスされているのだ。上も下も、温かくてぬるっとしたものに覆われている。しかも、膣がぎゅっ、ぎゅっと分身を締めつけてくる。

キスの悦びと、勃起を締めつけられる快感が重なって、たまらなくなる。

美可子はキスをやめて、顔をあげると、

「いいのよ、触っても」

甘く囁いて、亮介の手を胸のふくらみに導く。

つるつるの薄いスリップを通じて、たわわなふくらみの弾力を感じる。頂上には、明らかに硬くなっている乳首がしこりたっていた。

（オッパイって、揉んでいるほうもいい気持ちになるんだな）

両手を使って、やわやわと揉みしだいていると、

「上手よ。上手……ああ、たまらない」

美可子がまた腰をつかいはじめた。スリップ越しに乳房をつかまれながらも、

上から亮介をきらきらした瞳で見おろし、腰を前後左右に振りまわす。

「ぁああ、くっ……！」

亮介は気持ち良すぎて、乳房から手を離す。

すると、美可子がいっそう激しく腰をつかいはじめた。

勃起が揉みしだかれて、一気に快感が高まった。

「ぁああ、ダメです。出ます！」

「いいのよ。出しても……いいのよ」

美可子が甘く誘ってくる。

「で、でも……」

「大丈夫、いいのよ……初めてなんだから、出したいときに出していいのよ。わたしは大丈夫だから」

美可子はどこまでもやさしい。

爆発寸前のイチモツに柔らかくて、とろとろに蕩けた肉襞がからみついてくる。膣全体が前後に揺れ、入口がぎゅっと勃起を締めつけてくる。なかのほうでも、粘膜が波のようになって、うごめいている。

甘い快感が切羽詰まったものに変わった。

「あんっ、あんっ……あん……」

美可子は愛らしく喘ぎながら、腰を上げ下げする。

ウエーブヘアが乱れ、スリップを押しあげた二つの乳房が躍っている。

「ぁああ、ダメだ。出ます！」

「いいのよ。出して、いいのよ……ぁあああ、あああ、気持ちいい……亮介くんのおチ×チン、カチカチで気持ちいい……ぁああ、イキそう。わたしもイキそう……ぁあああ」

自分を下の名前で呼んでくれて、亮介はうれしくなった。同時に体の奥からぐわっと悦びがせりあがってくる。

「ああ、出ます……出るぅ……ぅあああぁぁぁ」

吼えながら、放っていた。

脳天に響きわたるような射精の歓喜が体を貫いていく。

「ぁああ、来てる……来てる……あっ、あっ……」

美可子が上で、がくん、がくんと震えている。

（ああ、ついに女の人のなかに……！）

今日、二度目だとは思えない量が出て、終わったときはがくっときた。

しばらくすると、美可子はゆっくりと上からおりて、下着をつけはじめた。

亮介が心地よい疲労感と満足感にひたっていると、美可子が言った。

「お店の次の休みは、三日後なの。そのとき、また来るね。部屋の整理整頓やお掃除をしたいの。大丈夫？」

「ああ、はい……大丈夫です」

亮介はそう答える。ほんとうは大学の講義があるが、休むことにした。大学の講義より、美可子のほうがはるかに優先順位が高い。

「風邪を引くわよ」

美可子が布団をかぶせてくれる。

それから、静かに部屋を出ていく。

亮介はこの雪の日を一生忘れないだろうと思った。

# 第三章　セックスの手ほどき

## 1

亮介は大学に通いながら、美可子が家に来てくれると言った三日後を待った。

ついに、童貞を捨てて、男になったのだ。

それだけなのに、世界が違って見えた。

物理的には、女性のオマ×コに自分のペニスを挿入するというシンプルな行為だ。だが、きっとその行為には、物理的なものだけではなく、少年が青年になる過程として、とても大切な精神的な意味があるのだ。

女性を見る目も少し変わったような気がする。

大学や通学の途中で女性を見るときも、ついつい服の下を想像してしまう。

しかし、美可子の乳房や女性器をはっきりと見たわけではないので、幾分かはまだベールに包まれている。

今度、美可子が来たときには、そのへんを完全に確かめたい。もちろん、美可子が寝てくれないという可能性だってある。

うちに来てくれるのも、掃除が目的で、つまり、ひとり暮らしの二十歳の男を放っておけなくて、世話を焼いてくれているだけかもしれないのだ。

そのへんが気がかりで、悶々としてしまう。

当日、部屋から観察していると、玄関が開いて、美可子が息子の浩樹を小学校に送り出す姿が見えた。

浩樹は八歳で、小学三年生。

やたら元気で、「いってきます！」とはきはきと言い、

「いってらっしゃい。気をつけてね」

美可子がにっこりして手を振り、一児の母親らしいところを見せる。

夫を亡くしてもう二年。美可子はその間、女手ひとつで息子を育ててきたのだ。

大変な苦労もあっただろう。

しかし、美可子は母親であるのと同時にひとりの女なのだ。

そして、亮介も向かいの未亡人に、ずっと片思いをしてきた。

見守っていると、息子を送り出した美可子がちらりと向かいのアパートを見あげて、亮介が覗いていることを確認したのだろうか、ふっと口許をゆるめた。

それから、玄関に姿を消す。

（いつ来てくれるんだろうか？　やはり、家事をしてからだろうな）

しばらくすると、美可子が二階のベランダに出て、洗濯物を干しはじめた。

女物の服と、息子の服を丁寧に干しはじめる。

下着泥棒以降、もう下着をベランダに干すことはない。それが残念だ。

干し終わって、美可子はちらりとこちらを見た。

亮介を窓越しに認めたのだろう、亮介と視線を合わせて、こっくりとうなずいた。

（ああ、今のはきっと、これから行くからね、という合図に違いない！）

今か今かと待ちわびていると、美可子が玄関を出て、周囲を気にしながら、道を渡ってくるのが見えた。

（来た……！）

胸ときめかせて待っていると、コンコンとドアをノックする音が響いた。

亮介はすぐにドアを開けて、美可子を招き入れる。

美可子は髪にバンダナを巻いて、エプロンをつけていた。

「待ち遠しかったわ」

にこっとして、亮介の額にちゅっとキスをする。それから、

「膝と肘は大丈夫?」

心配そうに訊いてくる。

「ああ、はい。一応、まだ包帯は巻いていますが、もう痛みはありません」

「そう……よかった。心配していたのよ」

「もう、大丈夫です。美可子さんの手当がよかったんです。ありがとうございました」

「いいのよ……あとで、包帯を替えてあげるね。まずは部屋をきれいにしようか」

そう言って、美可子はキッチンに向かった。

乱雑にシンクにひろがっている食器を手早く洗って、籠に立てていく。

(ああ、こんなのは初めてだ……!)

その後ろ姿に見とれた。

ペルシャ柄のバンダナを後ろできゅっと結んでいる。クリーム色のセーターの上に花柄のかわいらしい胸当てエプロンをつけていて、蝶々結びされたリボンがかわいらしい。

びっくりしたのはスカートで、膝上二十センチのタイトスカートがむっちりとした尻を包み込み、太腿の裏がかなり上方まで見えてしまっているのだ。

亮介が知る限り、美可子はこれほどのミニスカートを穿いていたことはない。

(もしかして、俺のために……)

ドキドキしてしまう。

だいたい、エプロン姿の女性がうちのキッチンの前に立つのは、初めてだ。

(ああ、いいな。エプロン姿がたまらない)

早くも、下腹部のものが頭を擡げてきた。

(あのパツパツのお尻を撫でなでしたい。撫でるだけでなく、ぎゅっとつかんでみたい)

込みあげてくる欲望をぐっとこらえる。

食器を手早く洗い終えた美可子が、今度は部屋を片づけはじめた。

床に積んであった本を本箱に立て、散らかっていた包装紙をゴミ箱に捨てる。

それから、ぐっと屈み込んで、ベッドの下に押し込んであった雑誌を取り出す。

(あっ、そこはダメだ！)

とっさに止めようとしたが、遅かった。

美可子は古くなった週刊誌を見て、

「これ、バスルームでも見ているみたいね。表紙がふやけているわ」

ページをめくっていた手が止まった。

「うん？　このグラビアの彼女……わたしに似てない？」

グラビアページを開いたまま、亮介を見る。

「それは、その……」

亮介がいつもオナニーのときに使う、ＡＶ女優の写真だった。恥ずかしくて、逃げ出したくなった。

「ひょっとして、亮介くん、これを見て、オナニーしてる？」

美可子がアーモンド形の目を向けてくる。

ドキッとしたが、怒っているようには見えない。ウソをついても、しょうがない。

「すみません。そのモデルが、すごく美可子さんに似ているんで、だから……」

「いやだわ。この人、AVの宣伝がしてあるから、AV女優よね」

「ええ、まあ、はい……」

「そうか、わたし、AV女優に似ているんだ」

「……すみません。でも、その女優さん、すごく人気があって……」

「ということは、わたしもAVに出演したら、人気が出るってことね」

「はい……いえ、美可子さんはそんなのに出てほしくないです」

「ふふっ、わかったわ。わたしが来るからって、隠しておいたのね」

図星をさされて、亮介は顔が真っ赤になるのがわかる。

美可子はにこっとして、週刊誌を雑誌の積んである山の上に置く。

それから、美可子は他のものもきれい片づけると、カーペットに掃除機をかけた。

さらに、布巾を絞って、テーブルの上や机の上を拭く。

布巾を洗って、美可子は部屋を見渡し、

「ひとまず、これで大丈夫ね」

頭のバンダナを外して、エプロンを脱いだ。

クリーム色の暖かそうなタートルネックのセーターを着て、ミニスカートを穿いている。その姿に見とれていると、美可子が言った。

「ちょっと休んでいい？」

「ああ、はい、もちろん。ありがとうございました。お蔭様で、部屋が見違えるようになりました」

「いいのよ。わたしが勝手にしたことだから……炬燵を使わせてもらうね。亮介くんも入ったら」

美可子が炬燵に入ろうとするので、これを使ってくださいと、ひとつしかない座椅子を差し出す。

「ありがとう。やさしいのね」

微笑んで、美可子は座椅子に座り、炬燵布団を膝にかけた。

ここは飲み物を出すときだと感じて、キッチンでインスタントコーヒーを作る。よくかき混ぜて、二つのカップを炬燵ボードに置いた。

「どうぞ。インスタントで申し訳ないですけど」

「ありがとう」

美可子はコーヒーを啜り、

「美味しいわ。今のインスタントって、こんなに美味しいのね。知らなかった……ふふっ、温かい」

コーヒーカップを両手で持って、口をつける。

その姿が色っぽくて、かわいくて、亮介はジンときてしまう。

亮介も炬燵の反対側に入って、コーヒーを啜る。

ほぼ飲み終えたとき、胡座をかいていたその向こう脛に何かが触れるのを感じた。

ハッとして、炬燵布団をあげると、赤外線ヒーターに美可子のストッキングに包まれた足が赤く浮かびあがっていた。

美可子はにっこりと笑っている。それから、ぐっと足を伸ばしてきた。

小さな炬燵だから、向かいの席にも足先が届いてしまうのだ。

「もう少し、近づいてくれる?」

「ああ、はい……」

亮介は嬉々として座り直す。

すると、肌色のストッキングの光沢を放つ足の先が、ズボンの股間を器用になぞりはじめた。

ぎゅっと足首が曲げられて、爪先が股間を上下にさすってくる。

（ああ、美可子さん、こんなことまで……！）

つるっとしたストッキングに包まれた親指が気持ちいい。

イチモツがたちまち硬くなって、撫でられる箇所がじんじんとしてきた。

「ふふっ、カチカチになってきた」

美可子が微笑んだ。

その小悪魔的な表情がとても色っぽくて、愛らしい。

その間も、足の親指と人差し指がいっぱいに開いて、勃起をズボン越しにさすってくる。

「亮介くんも同じことをしてくれる？　できる？」

「ああ、はい……」

亮介は右足をぐっと伸ばす。

すると、美可子は炬燵布団をあげて、言った。

「そう。もう少し、右側……そう。そのまま来て」

言われたように足を移動させると、太腿のたわみを感じた。そのまま、太腿に沿って足をめいっぱい伸ばしたとき、爪先にぐにゃりと沈み込む箇所を感じた。

（ここが、オマ×コ？）

親指を上下させると、先が柔らかなところをぐにぐにと捏ねて、

「んっ……んっ……ぁあうぅ。恥ずかしいわ」

美可子はちらりと亮介を見て、それから顔を伏せる。

二人は足を交錯させるようにして、お互いの股間をいじっている。

## 2

「ぁああ、ねえ……亮介くん」

「な、何でしょうか？」

「炬燵に潜ってみて……」

うなずいて、亮介は炬燵布団をあげ、なかに潜る。

上についた薄い赤外線ヒーターが赤い光を放って、その向こうで美可子が足を開いていた。

パンティストッキングに包まれた足は、赤外線に照らされて、全体が真っ赤に燃えたっている。それでも、濃淡がつき、三角のパンティは他の部分より白っぽ

く見える。

「見える？」

「はい……」

「パンストと下着を脱がせてくれる？」

「えっ……ああ、はい！」

亮介が狭い炬燵のなかを這っていくと、美可子がパンティストッキングの両側とパンティを持ち、尻を浮かせながら、くるっと剝いた。

膝までさがったそれをつかんで、引きおろしながら、足先から抜き取っていく。

（すごい、すごすぎる……！）

亮介は実際に見たことはないが、きっと、赤いライトに浮かびあがったストリッパーの肌はこんな感じなのだろう。

その幻想的な太腿の奥に、黒い翳りが台形に繁って、底に向かうにつれて、薄くなっている。

美可子が股間を手で隠して、左右の太腿をぎゅうと内側に絞った。

我慢できなくなって、亮介は背中に熱さを感じながら、太腿に触れた。おずおずと撫でる。そこはつるっとして、撫でていても気持ちがいい。

するど、少しずつ足が開いていった。

鈍角になるまでひろがって、そこを隠していた手も外れる。

「いいのよ、舐めて。いいのよ」

炬燵布団はあがっていて、美可子の声が聞こえる。

見ると、美可子が座椅子をずらして、上体を後ろに倒すところだった。

仰向けになり、顔だけ持ちあげて、ちらりと亮介を見た。

それから、恥ずかしくてたまらないといったふうに、顔をそむける。

大きくひろがった太腿の奥に、恥毛が見え、その底に女の貝がひっそりと口を閉じている。

亮介はにじり寄っていき、翳りの底に顔を寄せた。

甘酸っぱい香りが仄かに匂う。

赤外線に照らされた女のワレメはうっすらと口を開いて、その合わせ目がぬらぬらと光っている。

しゃぶりついた。

頭が炬燵の上部に当たって、上手くできない。

それに、クンニは初めてで、どうしていいのかわからない。ただひたすら舌を

這わせていると、どんどん濡れてくるのがわかる。ついには、とろっとしたものが舌にまとわりついてきて、

「んんんっ……ぁあああ、気持ちいい……上手よ。上手」

美可子が喘ぎながら言う。

自信が持てた。唾液と蜜にまみれた女のワレメがぬらぬらと光って、メチャクチャそそられる。

「舐めにくいでしょ」

美可子が言って、身体を上へとずらした。

下半身も外に出て、亮介も顔を炬燵から出す。

途端に視界がひろがり、美可子が膝を曲げて大きく開いている姿が目に飛び込んでくる。

上体はセーターで隠れているのに、下半身はすっぽんぽんという格好がエロすぎた。

ふっくらとした肉の丘が左右にあって、その狭間に二枚のびらびらが波打ちながらわずかにひろがり、内部の濃いピンクをのぞかせている。

（ああ、これがオマ×コか……！　美可子さんと一緒できれいだけど、いやらし

い……）

ひたすら全体を舐めていると、美可子が言った。

「上のほうに尖っているものがあるでしょ？　クリトリスは知ってるよね？」

「ああ、はい……一応」

「そこがいちばん感じるのよ……下から舐めあげるようにしたほうが、感じるかもしれない」

うなずいて、亮介は狭間から上へ上へと舌を這わせる。

笹舟形をした陰部の上の交差地点に、皮のフードをかぶった突起があって、そこを舐めあげていく。少し触れただけで、

「んっ……！」

美可子は鋭く反応した。

狭間にあふれだしている蜜を舌ですくい、それを突起になすりつけるようにして、下から舐めあげていく。

それをつづけるうちに、美可子の様子が変わった。

「んんっ……ぁああ、そうよ、そこ……ぁああああ、ぁあああああ、気持ちいいの。気持ちいい……ぁあああぁぁぁ」

顎を突きだして、快楽に咽ぶ。

（やはり、美可子さんもクリトリスがいちばんの性感帯なんだな）

女性のそこは、男性のペニスのようなものに違いない。

「今度は、フードを脱がせてくれる？　きみはわたしが初めてなんですものね。できる限りの手ほどきはするつもり……そこは上から指できゅっと引っ張れば、きれいに剝けるのよ」

亮介は言われたように上の包皮を引きあげる。すると、フードがくるっと剝けて、珊瑚色の本体があらわになった。

小さいけれども、全体が薄赤く張りつめて、ぬらぬらとした光沢を放っている。白日のもとにさらされた肉真珠は、とても生々しくて、赤裸々な感じがして、こんな小さな器官で女性が悶えるのが不思議だった。

あらわになった小さな突起に上下に舌を走らせ、さらに、れろれろっと左右に弾く。そのたびに美可子は、

「あっ……あっ……ぁあああ、いいのよぉ」

華やかな声を放って、びくん、びくんと震える。

「吸っていいのよ。クリちゃんを頬張るみたいにして吸われるのも、好きなの」

頬張ろうとしたが、本体が小さすぎて上手く含めない。しょうがないので、その周囲を丸ごと頬張って、かるく吸引してみた。

「ぁあああ、すごい……！　くうぅ！」

美可子がのけぞった。

かるく吸っただけでこれということは……。次はさらに強く吸ってみた。すると、肉芽が口のなかに吸い込まれてくる感じがして、

「ぁあああぁぁぁ、くうぅぅ……気持ちいいの」

美可子がのけぞり返った。

つづけざまにチュー、チューー吸うと、

「ぁああああああ……ダメッ……許して。もう、許して……ぁあああうぅ……」

美可子は両手でカーペットをつかみ、顎を突きあげる。

だが、調子に乗って吸いつづけていると、

「待って……同じことをつづけていると、鈍くなったり、痛くなったりするの。他の部分もして……下のほうに小さな孔があるでしょ？　わかる？」

見ると、確かに複雑に重なったピンクの襞の下のほうに、小さな孔のようなも

のがわずかに口をのぞかせている。

「そこに、きみのおチ×チンが入るのよ。そこは舐められても気持ちいいの。やってみる?」

「はい……!」

亮介は膣口に舌を伸ばす。

そこは一段と柔らかく、舌がわずかに潜り込む。ぐにぐにと舌で捏ねていると、他の箇所にはない甘酸っぱい味覚があって、

「ぁああ、そう……なかに舌を入れてもいいのよ」

美可子が手ほどきしてくれる。

舌を尖らせてみたが、なかなか上手くいかない。

それでも、一生懸命浅いところを舐めていると、

「ぁあああ、感じる。上手よ」

美可子はぐいぐいワレメを擦りつけてくる。

しばらくつづけて、今度は狭間を舐めあげる。その勢いで肉芽をピンッと弾くと、

「ぁあん……!」

美可子が甘えたような声をあげた。

(女の人のこのときの声って、すごく色っぽいし、別人みたいだ)

どんどん女性の魅力がわかってくる。

クリトリスと本体を夢中になって舐めしゃぶっていると、

「ぁあああ……ねえ、ベッドに行こうか?」

美可子が顔を持ちあげて言う。

亮介はドキドキしながら炬燵を出て、ベッドの端に座る。

美可子はベッドの前に立って、セーターに手をかけ、頭から抜き取った。

純白の刺しゅう付きブラジャーからはみ出しそうなほどに実った双乳に、視線が吸い寄せられる。

「ブラを外したことないでしょ? やってみる?」

そう言って、美可子はくるりと背中を向ける。

やさしくウエーブした髪が首すじから背中に垂れ落ちている。

その艶めかしさにぞくぞくしながら、亮介は立ちあがり、手をストラップにかけた。フックを外そうとしたが、片方が取れると、もう一方に加重がかかってしまい、そうなると、フックがきつくなって外れない。

「待って。もう、一度かけるね。コツは上と下を同時に外すこと」

亮介が均等に力を加えると、今度はきれいに外れた。

「そう。呑み込みが早いわ」

美可子は外れたブラジャーをそっとベッドに置く。

「女の人って、後ろからぎゅっとされると弱いのよ。できる？」

亮介はうなずいて、背後から両手を前にまわして、強く抱きしめる。

「ああ、そうよ……そこで、耳元で愛の言葉を囁くの。やって……」

「……み、美可子さん、好きです。大好きです」

「いいわよ、それでいいの。胸を揉んで……」

亮介は前にまわし込んだ手で乳房をつかんだ。おずおずと揉むと、柔らかな肉層が手のひらのなかでしなり、その搗きたての餅みたいな感触がたまらなかった。

「そうよ、そう……ぁああ、亮介くん……亮介くん……」

大きな乳房を揉みしだかれて、美可子は身体を預けてくる。

「乳首も……」

亮介は乳房を揉みながら、頂上の突起をつまんだ。すでにそれは硬く、しこっていて、側面をくりくりと転がすと、

「ぁああ、そうよ。感じる……亮介くん、感じる。すごく……ぁああ」

喘いで裸身を反らせながら、美可子が後ろ手に勃起をつかんできた。

ギンギンになったイチモツを握り、ゆるゆるとしごく。

「ぁああ、美可子さん……」

そこを触られると、すぐに入れたくなってしまう。知らずしらずのうちに腰を振っていた。

3

美可子が亮介の手を引いて、ベッドに横たわった。

「来て……胸を舐められる？」

「はい……やってみます」

仰向けに寝た美可子に覆いかぶさるようにして、乳房を揉みしだく。

（やっぱり、大きい。それに、乳首は薄茶色だけど、真ん中に行くにつれてピンクがかっていて、すごくきれいだ。全然、三十五歳には見えない）

モミモミするうちに、乳首がますます尖ってきた。

たまらなくなって触ってみる。

（やはり、硬い。カチンカチンだ。乳首って、こんなになるんだ。おチ×チンと一緒だ）

そっと舐めてみた。いっぱいに出した舌で突起を上下にさすると、

「あんっ……！」

美可子がびくんとして、顎を突きあげる。

（すごい。やはり、敏感だ。これじゃあ、ブラジャーに擦れただけで感じちゃうんじゃないか？）

そう思いつつ、乳首を縦に舐める。舌をゆっくりと這わせてから、横に振ってみた。れろれろっと弾くと、

「ぁあん……ぁああ、気持ちいい……上手よ。ぁああうぅ……感じる」

美可子が顔をのけぞらせる。

褒められると、自信が湧いてくる。

時々見るＡＶ男優の乳首舐めを思い出して、かるく頬張って、吸ってみた。すると、美可子は「ぁああうぅ！」と一段と激しく喘ぎ、胸をせりあげてきた。

（すごい、ちゃんと感じてくれている！）

柔らかな乳房をモミモミしながら、先端を吸って、吐き出す。

唾液まみれの乳首が尖りきっていて、とてもいやらしい。

卑猥に濡れ光る突起を思い切り吸ってみた。

「やぁあああああぁぁ……！」

美可子が嬌声をあげて、顔をのけぞらせる。

乳首が伸びて、口のなかに吸い込まれている。それを繰り返していると、

「あっ……あっ……ぁあああああぁぁ……！」

美可子がシーツをつかんで、のけぞった。

さらに、吸おうとしたとき、美可子が言った。

「ゴメンなさい。強く吸いすぎ……初めは気持ちいいけど、だんだん痛くなるのよ。さっきも、クリちゃんのとき言ったよね？」

「ああ、すみません……」

「いいのよ。でも、女性の身体はとても繊細なの。男性は大胆さと繊細さの両方が必要なの。いろいろ言われるのはいやかもしれないけど、亮介くんのために言っているのよ」

「はい、わかります」

「きみはほんとうにいい子ね。つづけて」

言われたことも頭に置いて、もう片方の乳首も舐める。大胆に、かつ繊細にと念じながら、舌を走らせると、

「ぁあああ、いい……上手よ。上手くなった……ぁああ、気持ちいい」

美可子が褒めてくれる。

その頃には、亮介の分身はギンギンで、痛いほどに張りつめていた。

「あの、そろそろ……」

「待って……その前に、ここに寝て」

亮介がベッドに仰向けになると、美可子が下半身のほうにまわり、足の間にしゃがんで、顔を寄せてきた。

（ああ、フェラしてくれるんだ！）

次の瞬間、なめらかな舌がツーッ、ツーッと勃起の裏側を這いあがってきた。

「ああ、くっ……！」

「気持ちいい？」

「はい、すごく……」

「今日は出さないようにするね。わたしもこれが欲しいから」

美可子は微笑んで、また裏筋を舐めあげてくる。

ぞわぞわっとした戦慄がうねりあがってくる。

(我慢だ。今日はこのまま出さないで、嵌めるんだ!)

なめらかな舌が亀頭冠の真裏を集中的に舐めてきた。きっとここはすごく感じるポイントなのだ。

痒いところを掻いてもらっているような快感がひろがって、自然に腰が突きあがってしまう。

美可子はまだ咥えずに、亀頭冠をぐるっと舐め、さらに、尿道口にちろちろと舌先を走らせる。

「ぁああ、それ……くぅぅ!」

「ふふっ、すごく感じちゃうのね。大丈夫よ。感じてもらったほうが、こちらもうれしいのよ」

そう言って、美可子は鈴口を丹念に舐めた。

柔らかくてぷにっとした唇が一気に根元までおろされ、深く頬張ったまま、肩で息をする。

ピストンしていないのに、舌がねろねろと裏筋にからみついてくる。その舌でしごかれるような快感がたまらなかった。

美可子はいったん吐き出し、髪をかきあげながら、亮介を見た。

それから、また咥える。今度は手で余っている包皮をぐっと押しさげ、剝きだしになった本体に唇をすべらせる。

亀頭冠を中心に唇が往復すると、言葉では表せないジーンとした快感がひろがってくる。

きっと、包皮を引っ張られて、張りつめているからだろう。すごく気持ちがいい。

美可子の唇が大きく動きはじめた。

先から根元まで、激しくストロークされると、ぐーんと快感が高まった。

「ぁああ、ダメです。出ちゃう！　出す前に……」

訴えると、美可子はちゅるっと吐き出して、またがってきた。

この前とは違って、後ろを向いている。

そそりたつものを手で導いて、ゆっくりと腰を落とした。いきりたちが温かい沼地に沈み込んでいき、

「ぁああぁ……！」

美可子は手を離して、気持ち良さそうに喘いだ。

それから、上体を斜めに倒しながら、腰を振る。

すごい光景だった。

熟れきった尻の間に、亮介のイチモツが嵌まり込み、美可子が腰をつかうたびに、それが出入りするのが目に飛び込んでくる。

美可子が腰を後ろに突き出すと、膣口に入り込んでいる肉棹がよく見える。

(すごい。俺は今、あの美可子さんのなかに!)

昂奮しつつ、顔を持ちあげて、結合部分に見入った。

美可子が膝を立てて、蹲踞の姿勢になった。それから、スクワットでもするように尻を上げ下げした。

濡れたいきりたちが美可子の膣に出たり入ったりするのが見えて、

「ぁあああ、くっ……!」

一瞬、放ちそうになって、亮介は奥歯を食いしばって耐える。

すると、それを感じ取ってくれたのか、美可子が腰の動きを止めて、前に倒れた。

ぐっと尻をこちらに突きだしつつ、足を舐めてくれる。

つるっとした舌が向こう脛を這うと、羽化登仙の気持ち良さがひろがる。

こんな感触は初めてだ。これまで体験したことがない。

(ああ、舌ってこんなになめらかで、つるつるしているのか?)

ぞくぞくした。

しかも、前を見れば、熟れたヒップがこちらに向かってくる。

大きくて丸い尻たぶの狭間には、セピア色のアヌスまでのぞいている。その下には、亮介の硬直が膣を押し広げている様子がはっきりと見える。

気持ち良すぎた。

美可子は亮介の向こう脛を舐めながら、腰を揺するので、二つの快感がないまぜになっているのだ。

それだけではない。ひそかに恋していた向かいの未亡人が、亮介の足を舐めてくれているのだ。

あり得ないことだ。自分ごときがこんなに尽くされて、申し訳ないような気もする。

だが、正面に見える立派なヒップと、肉棹を呑み込んで、ひろがりながらからみついている肉びらが亮介を昂らせる。

この人のためなら、何でもしようとさえ思う。

美可子が上体を斜めに立てた。そして、足につかまりながら、腰をぐいっ、ぐいっと後ろに突きだし、前に戻す。

イチモツが根元から折れそうだ。ぐちゅぐちゅと揉み抜かれて、粘膜に締めつけられる。

「ぁああ、くっ……出ちゃう!」

思わず訴えると、美可子がゆっくりとまわりはじめた。

そそりたつ肉棹を呑み込んだまま、時計回りにまわり、いったん横を向いて、そこからまた位置をずらした。亮介の腹をまたいで、正面を向く。

(すごい、こんなこともできるんだ!)

美可子のしてくれるそれぞれのことが、驚きだった。

美可子は前に倒れて、唇を合わせてくる。

情熱的なキスを受け止めて、亮介もできる限りのことをする。下手なりに舌をからめ、舌と舌をぶつけあう。

すると、美可子は唇を重ねながら、腰をつかう。

舌を吸われ、からめられる。潤みきった膣肉がいきりたつものをぐにぐにと捏ねてくる。

(ああ、これも気持ちいい！)

美可子が唇を離して、上からじっと見つめてくる。

「……きみとこうなるなんて、不思議ね」

「……はい。でも、俺はずっと……」

「ふふっ、うれしいわ。亮介くんに女がどんなものが教えてあげるね」

「はい……！」

「いい返事」

美可子が胸を舐めてきた。

胸板から首すじにかけて舌を這わせながら、きゅ、きゅっと膣で締めつけてくる。

「ぁああっ……！」

思わず呻く。

すると、美可子は覆いかぶさるようにして、くいっ、くいっと腰を揺らめかせる。

「ぁああ、くっ……！」

「ぁああ、いいの。いいのよ……カチカチのおチ×チンが擦りあげてくる。ぁああ、たまらない。たまらないの……」

美可子は上体を反らせ、乳房を突きだしながら、腰を激しく振った。

ぐちゅぐちゅといやらしい音がして、

「ぁああ……ねえ、下になりたいの。亮介くんが上になってくれる？」

美可子がさしせまった表情をする。

「や、やってみます」

自信はないが、やるしかない。

美可子が上から降り、亮介が起きあがると、そこに美可子が仰向けに寝た。

じっと見あげてくる。その瞳が潤んでいて、どこかぼうとしていた。

（そうか、女の人は高まると、こういうセクシーな顔をするんだな）

亮介は足のほうにまわる。だが、どうしたらいいのかわからない。それを見ていた美可子が、自分で膝を曲げ、両膝を持って開いた。

「恥ずかしいわ……」

羞恥の表情で顔をそむけた。

この格好なら、女性器が丸見えなので、どうにかなりそうだ。

亮介は蜜まみれの肉棹をつかんで、そっと押し当てた。すでにこの前、筆おろしを済ませているので、簡単にできると思っていたが、そうではなかった。

女性が上になるのと、下になるのとでは、勝手が違った。

擦りつけて突いてみるが、ちっとも入らない。

見かねたのか、美可子が肉棹をつかんで導いた。そこは思っていたより、ずっと下のほうだった。

「ここでいいのよ……大丈夫。思い切って……」

「はい……！」

亮介は導かれるまま、腰を突き出していく。切っ先が窮屈な入口を押し広げていき、ぬるぬるっと嵌まり込んで、

「ぁあああぁぁ……！」

美可子が両膝を持ったまま、顔をのけぞらせた。

「ぁああ、くっ……！」

亮介も歓喜に酔いしれる。

下のときとは微妙に感触が違う。気持ちのせいなのか、上になったほうが断然、押し入っている感じが強い。

「来て……抱いて！」

美可子がとろんとした目で訴えてくる。

亮介は覆いかぶさって、肩口から手をまわし、美可子をぎゅっと抱き寄せる。

美可子が膝を放して、両手でしがみついてきた。

（ああ、これが二人がひとつになるってことなんだな）

精神的な悦びが大きい。しかも、勃起を包み込んでいる粘膜が、ざわざわっとうごめいて、硬直を内へ内へと引き込もうとする。

「亮介くん、幸せよ。こんな気持ちになったのは、ほんとうにひさしぶりなの。キスして」

美可子が耳元で囁く。

亮介も至福を感じていた。女性と繋がるとはこういうことだったのだ。

ひとつになる悦びにひたりながら、唇を重ねていく。

すると、美可子は貪るように唇を吸い、舌をからめながら、両足を亮介の腰にからめてきた。

美可子は貪るようなキスをしながら、足で腰をぐいぐいと引き寄せる。分身が深いところに届くのがわかって、亮介もぐっと快感が高まる。

（初体験の相手としては最高の女性に巡り逢ったのかもしれない。美可子さんはやさしく教えてくれる。それに、とても上手だ。ぁああ、幸せだ）

亮介は猛烈に自分から動きたくなった。

やはり、男が上になり、がんがん突きまくって、女性をアンアン言わせるのがセックスなんだという気がする。

本能がけしかけてくる。

亮介はキスをやめて、両腕を立てた。その姿勢で、思い切って打ち据えてみた。腰を突きだすようにして、打ち込んでいくと、

「ああ、いい……すごい、すごい……ぁああ、あんっ、あんっ、あんっ……」

美可子が両手を赤ん坊が寝ているときのように顔の両側に置いて、甲高く喘ぐ。

（美可子さんが感じてくれている！）

歓喜が体を貫いた。

調子に乗って、腰を打ちつけていると、甘い快感が一気に切羽詰まったものに変わった。

とろとろに蕩けた肉路を勃起が打ち据えて、柔らかな粘膜がふくれながらからみついてくる。

どんなに我慢しても、もうすぐに出てしまうだろう。必死にこらえてきたが、もう限界だった。

「ぁああ、美可子さん……出そうだ！」

「ぁああ、もう少し我慢して……イキそうなの。頑張って……」

「はい……！」

ここは何としても、美可子にイッてもらいたい。昇りつめてほしい。

亮介は奥歯を食いしばって、爆発をこらえる。少しゆるめにしたが、すぐにまた強く打ち込みたくなった。

「あんっ……あんっ……あんっ……ぁああ、そうよ。そのまま、そのまま……イキそうなの。イキそう……」

「おおぅ、美可子さん！　イッてください！」

そう吼えて、思い切り強く腰を叩きつけた。

「あん、あんっ、あんっ……ぁあああ、来るわ。来る……頑張って……ぁあああああ、ダメッ……イクわ」

「ぁああ、出ます！　出る、出る！　ぁああああ！」

吼えながら叩き込んだとき、美可子がのけぞり返った。

「イク、イク、イキます……やぁあああああぁぁぁぁ！」

絶叫しながら、両手でシーツを鷲づかみにした。

今だとばかりに深いところに届かせたとき、

「ぁあああ……！」

亮介も喘ぎながら、腰を突き出して、おチ×チンとオマ×コをぴったりと重なり合わせる。

男液が鈴口からほとばしっていく。

これ以上の悦びが、他にあるとは思えない。

噴き出る精液を受け止めながら、美可子はがくん、がくんと躍りあがっている。

その動きが、美可子がほんとうにイッていることを伝えてきて、亮介は放ちながら、最高の歓喜に酔いしれた。

放出を終え、隣にごろんと横になる。

美可子はぐったりして動かない。息をしていないんじゃないか、と思うほどに静かに横臥している。

しばらくして、美可子が胸板に顔を置いて言った。

「すごく良かった。亮介くん、二度目とは思えない……また、来ていい？」

胸板に頰を寄せたまま言う。

「も、もちろん……いつどんなときでも、来てください。俺、最高にうれしいです」

「ふふっ……ありがとう。そうだ、電話番号かメールを教えてくれる？　連絡が取れたほうがいいでしょ？」

「はい。もちろん」

亮介はこれが夢でないことを祈った。

# 第四章　初恋のキス

## 1

(やはり、故郷はいいな。空気が違う)

年末に、亮介は郷里のS島に帰省していた。

もっと早く帰省するつもりだったが、ぎりぎりになったのは、指原美可子と離れがたかったからだ。

あれからも一度、美可子がアパートに来てくれて、亮介は至福の時間を持った。

美可子とのセックスは最高に気持ち良く、これまで女体を知らなかった亮介にとっては夢のような時間だった。

いっそのこと、島には帰らずに、正月もここで過ごそうとかとも考えた。しかし、美可子が息子とともに帰省することがわかり、それなら東京にいてもしょうがない、とぎりぎりになって、S島に帰った。

帰ってよかった。

瀬戸内海に浮かぶこの島は、本州からフェリーで一時間ほどの距離にある。人口も少なく、手打ちソーメンと醬油とオリーブが特産のこの島には、ゆったりとした時間が流れていた。

父は役場に、母はオリーブ園に勤めている。

亮介はひとり息子ということもあって、両親は帰郷をすごく喜んでくれた。

二十九日には、両親と水入らずの時間を持ち、翌日、親友の木村雄司とひさしぶりに逢った。

雄司は醬油工場に勤めているが、もう休みに入っていて、仕事から解放されているためか、機嫌がよかった。

二人はいつも行くK渓谷にロープウエイで昇った。

そして、頂上からの景色を愉しむ。

切り立った断崖絶壁の向こうに、いくつかの島の浮かぶ瀬戸内海が見える。

「やっぱり、ここはいいだろ？　東京じゃ、こんな景色はないだろ」

雄司が声をかけてくる。

「ああ、いいね。小さな頃から見てるけど、見飽きることがない。季節ごとに景色を変えるしな」

「そうだよな……だけど、あれだよな」

「……何だよ？」

「亮介、少し雰囲気が変わったな」

「そうか？」

「ああ、電話はしてたけど、逢ったのはお盆以来だろ。あのときと、雰囲気が変わったよ」

雄司がしみじみと言う。

自分が変わったとすれば、それは指原美可子のせいだろう。

「どう、変わった？」

「ううん、何か自信がついてきたって言うか……落ち着いてるような」

「そうか？　気のせいだよ」

「ほら、その言い方だよ。前は、おたおたしてたんだけどな。おかしいよな。何かあったか?」

「……別にないよ」

向かいの家の未亡人と出来てしまった。筆おろしをしてもらって、今もひそかにつきあっていることは、たとえ親友であっても言ってはいけないことのような気がした。

「そういうことにしておくか……」

雄司が話をやめて、眼下にひろがる渓谷と青々とした静かな海を眺める。

「雄司のほうは、香苗(かなえ)ちゃんと上手くいっているのか?」

気になっていたことを訊いてみた。

「ああ……香苗が二十歳になったら、結婚しようかと思ってるんだ」

「そうか、いいな」

香苗は同じ高校の一学年後輩で、現在、十九歳。醤油工場と同じ系列の佃煮工場に勤めている。

雄司は昨年から彼女とつきあっていて、香苗との結婚を許してもらうために、工場で頑張っている。

「そうだ。帰りに、あの土産物屋に寄っていくか? 亮介は、恭子(きょうこ)に逢いたくて、ここに来るんだろ?」

亮介は無言で、はるか向こうにたゆたう海と島を見た。

このロープウエイの山頂駅にある土産物屋に、松田恭子は勤めている。

恭子は高校の同級生で、亮介の初恋の女性だった。

狭い島だ。小・中学校も同じで、小さな頃から恭子を見てきた。

恋心を抱いたのは中学生のときで、それからずっと恭子を思いつづけてきた。

高校のときに、思い切って告白したことがある。

そのときは見事に振られた。恭子にはつきあっている田口と言う先輩がいて、広島の大学に通っているのだと聞いた。

彼女は高校を卒業して、家の家計を助けるために地元の土産物屋さんに就職した。

学業の成績もよく、容姿もかわいくて、周囲は恭子が大学に行き、将来は都会で活躍するだろうと考えていた。だが、恭子は大学進学をせずに、地元の土産物屋を手広く営むT社に就職した。

会社は恭子を広告塔として使いたかったようで、今も、パンフレットには彼女が微笑む姿が掲載されている。

断言はできないが、T社の社長が彼女に目をつけて、入社させるために、松田家に裏金を払っているというウワサもある。

「亮介は恭子ちゃんが好きだろ？　チャンスだぞ」

雄司が真面目な顔をした。

「チャンス？」

「ああ、恭子ちゃん、つきあっていた彼氏と別れたみたいだぞ」

「ほんとうか？」

「おっ、顔色が変わったな。広島の彼氏に新しい恋人ができたみたいで、別れたんだ。チャンスなんだよ」

わずかに希望の光が見えた。しかし、これがもう少し前だったら……。

自分は今、向かいの未亡人と肉体関係がある。

（そんな身で、恭子ちゃんには……だけど、逢いたい！）

恭子のことは今も好きだ。初恋の女性なのだ。

複雑な気持ちだった。

「行こうぜ」

雄司に連れられて、ロープウエイ頂上駅のすぐ近くにある土産物屋に顔を出した。

店舗は広く、品数も多い。ここには直営の工場を持っていて、手延べソーメンや石鹸、オリーブオイル関係の品物を製造販売している。

恭子はすぐに見つかった。

バンダナを巻き、胸当てエプロンの制服を着て、商品を整理していた。

雄司が肘で突つき、恭子を見て、顎をしゃくった。ためらっていると、

「行けよ」

背中を押された。

亮介はゆっくりと近づいていく。声をかける前に、恭子が振り向いて、亮介を見つけ、

「……亮介くん、帰ってきたのね？」

瞳を輝かせた。

恭子は小柄だが、アイドル並のかわいさで、とくに目がぱっちりしていて、その大きな目で見つめられると、ドキドキしてしまう。

「ああ……昨日」

「そう……ありがとうね、いつも来てくれて」

恭子がにっこりした。

だが、亮介はそれがいつもの心からの微笑みではないように思えた。

きっと、長年つきあってきた彼氏と別れて、内心はひどく落ち込んでいるに違いないのだ。そういう目で見ると、いつもふっくらしている頬が少しこけているようにも映る。

「帰る前には、ここでまたお土産を買わせてもらうよ」

「ありがとう……ねえ、明日からわたしも休みなんだけど、一度逢える？」

恭子がいきなり言ったので、びっくりした。

「えっ……？」

「驚かせてゴメンね。じつは……」

恭子が周囲をうかがってから、耳打ちしてきた。

「ここを出て、東京に住みたいの。亮介くんは東京のことよく知っていると思うから、相談に乗ってほしいの」

「そうなの？」

思わず口に出すと、恭子は口の前に人差し指を立てた。

「まだ店の人には言っていないから」

「わかったよ。俺はいつでも空いてるけど……」

「それじゃあ、明日でいい？　大晦日や元旦は亮介くんも家にいたいでしょうから」

「わかったよ……で、どうする？　俺はいつだって、どこだって大丈夫。き、恭子ちゃんに任せるよ」

「……何か、亮介くん、感じ変わったね。おどおどしてるみたいだったけど、今はすごく落ち着いて見える」

恭子がじっと見つめてくる。

さっき、雄司にも同じことを指摘された。やはり、自分も少しは変わったのかもしれない。

「そうかな。自分じゃわからないけど……で、どうする？」

「じゃあ、明日の午後二時に、中央高校で逢おうか。あそこは、校門が開いていて、なかに入れるはずだから」

中央高校は二人が卒業した高校だった。

「わかったよ。じゃあ、校門のところでいいかな？」

「いいわよ。絶対に来てね」

「もちろん。じゃあ……」

亮介は雄司とともに、店を出た。

「何だよ、何かいい感じだったじゃないか？　話せよ」

雄司が肘で突ついてくる。

「いや、たいしたことじゃないよ」

親友の雄司には事情を打ちあけたかった。しかし、これはまだ誰にも言ってはいけないことだ。

恭子が上京を考えているなんて、思いも寄らなかった。

だいたい、もしあの契約金を払ったというウワサがほんとうだとしたら、恭子はこの店を辞めることができるのだろうか？

それ以上に、恭子が自分を頼ってくれたことが驚きだった。

他にも上京している者はいるが、亮介は自分に告白した相手だし、昔から口だけは固かったから、相談しやすいのかもしれない。

二人は下りのロープウエイに乗って、麓(ふもと)に降りた。

## 2

翌日、亮介が中央高校の校門の前で待っていると、恭子がやってきた。セーターにダウンのベストを着て、ミニスカートを穿いた恭子は、そのつやつやのボブヘアがよく似合っていて、抜群にかわいい。

校門は閉まっていたので、裏門から入った。教職員室には誰もいないようだ。さすがに、この年末では教師も休みなのだろう。

無人の三階建て校舎の階段をあがっていく。三階にある二人が使っていた教室を見つけ、ドアをすべらせてなかに入る。

「懐かしいわ……あの頃と全然、変わっていない」

恭子が教室を見まわして、うれしそうに言った。

「ほんとうだ。変わってないね。卒業して、まだ三年だからね」

「そうね……」

恭子がカーテンの閉まった窓際に立ち、少しカーテンを開けて、校庭を見た。

亮介もすぐ隣に立つ。

「こうしていると思い出すね。あの頃がいちばんよかった……」

恭子がしんみりと言った。

「……俺もそうだよ」

「だけど、亮介くんは東京にいるんだから……わたしなんか、ずっとこの島に閉じ込められているのよ」

「本気で、この島から出て、上京するつもりなの？」

恭子がきゅっと唇を噛んだ。

「……ええ。本気よ」

恭子が横の亮介をじっと見た。

「ほんとうは東京の大学に行きたかったの。でも……」

「両親がそれを許してくれなかった？」

「ええ。うちは借金があって、娘を東京の大学に行かせる余裕はないって……わたしも働いて、家計を楽にしたいって気持ちもあったのよ。でも……」

「でも……？」

「どんどん窮屈になってきて……。もうこれ以上、この島にいたら、息が詰まってしまう……それに、知ってるかどうかわからないけど、わたし、田口さんと別れたの。彼は大学を卒業したら迎えにくるって言ってくれたけど……恋人ができたみたいで。別れたいと言うから、別れてあげたのよ。だから……」

恭子は打ち明けて、ぎゅっと唇を噛んだ。顔をあげて、

「東京に出て、自分を試したいの。借金だって、東京で働いて、そのお金をできるだけ実家に送ったほうが……。だから、東京をよく知っている亮介くんに相談したかったの。力になって欲しい」

そう言って、恭子が手を伸ばし、亮介の手をぎゅっと握った。

恋人繋ぎで指をからめてくる。

「だけど……俺みたいなやつでいいの？　俺はあのとき、振られたんだよ」

「……あのときは、もう田口さんとつきあっていたから。でも、亮介くんのことは嫌いじゃなかった。ううん、むしろ、好きだった。でも、わたしを愛してくれていた年上の完璧な彼氏がいたのよ。どうしようもなかった……ゴメンね」

「いいんだ」

熱いものが胸に込みあげてきて、亮介は恭子の手にもう一方の手を重ねた。それを見た恭子が胸に飛び込んできた。

「お願い、わたしを助けて……お願い」

顎の下で、今にも泣き出しそうに言い、ぎゅっとしがみついてくる。

亮介は舞いあがった。

相手は初恋の女性なのだ。一度振られているだけに、その悦びは大きかった。

こうしていると、指原美可子のことが頭からかき消されていく。

小柄な肢体を抱きしめた。よくしなる身体がくっついてきて、コンディショナーの香りが鼻孔に忍び込んできた。

「わかったよ。わかった……俺も東京に馴染んでいるとは言いがたいけど、できる限りのことはするよ」

「よかった……亮介くんに相談してよかった」

恭子が下から見あげてくる。大きな瞳がうっすらと涙ぐんでいた。

「亮介くん……」

恭子が見あげながら、目を閉じた。

長い睫毛が合わさって、その無防備な姿にぞくぞくした。

今、恭子が求めているものがわかった。以前ならできなかったことが、今の亮介にはできる。

おずおずと顔を寄せて、唇を重ねた。

するといきなり――ではなく、恭子も唇を合わせて、ぎゅっと抱きついてきた。

(ああ、唇が柔らかい。それでいて、ぷりぷりだ)

唇を感じながら、恭子の肢体を抱きしめる。

(今、俺は初恋の人とキスをしている。しかも、告白して振られた同じ校舎で……！)

狂おしいほどに、気持ちが昂っている。そして、下腹部のイチモツも一気に力を漲らせて、ズボンを持ちあげてしまう。

強烈な欲望がうねりあがって、亮介のペニスはギンギンになる。そのとき、

「ダメッ……やっぱりダメ……」

恭子が身体を離した。

「もう少し、お互いわかり合わないと……ゴメンね」

がっかりした。だが、恭子の言うことに納得もしていた。

「……い、いいんだよ」

「……でも、亮介くん、ほんとうに変わったね。以前とは違うわ……すごく落ち着きがある。やっぱり、東京にいると違うのね」

亮介は、恭子が東京に幻想を持ちすぎていると感じた。

「だけど、東京は甘くないよ」

「わかっているつもりよ。だから、挑戦したいんじゃない」

恭子が一転して、きりっとした表情で見つめてくる。

「具体的には、どうするつもりなの?」

「それだけど……」

恭子が具体的な案を話しはじめた。

3

正月をのんびりと島で過ごし、いよいよ東京に戻る前日に、恭子から連絡が入った。逢いたいと言う。

教室でのキスで、恭子に魅了されていた。美可子から連絡の一本も入れば、また違っただろうが、美可子からメールも電話もなかった。

指定されたのは、この前と同じ中央高校だった。

亮介は人っ子一人いない校舎の三年A組の教室に早めに行って、恭子を待っていた。窓のカーテンを開けて、懐かしい景色を見ていると、恭子がやってきた。

恭子は白いロングコートに身を包んでいた。

「明けまして、おめでとうございます」

教室に入ってくるなり、恭子は新年の挨拶をして、ぴょこんと頭をさげる。

「あ、ああ……おめでとうございます」

亮介も挨拶を返す。

恭子が近づいてきて、コートを脱いだ。

「あっ……!」

亮介はびっくりして、目がまん丸になる。

なぜなら、恭子は中央高校の制服を着ていたからだ。

この島特産のオリーブの色を模した深い緑のブレザーを着て、チェック模様の濃紺のミニスカートを穿いている。

ブラウスの胸元には小さなリボンが愛らしくあしらわれていた。

ボブヘアの髪型はあの頃と変わらない。

まるで、三年前にタイムスリップしたみたいだ。それほどに、制服をつけた恭子は当時のままだった。

恭子がまっすぐに亮介を見た。

「三年のとき、亮介くんは誰もいなくなったこの教室で、わたしに告白してくれた。あれをもう一度してほしいの」

大きな瞳がじっと見つめてくる。

「……だけど……」

「もう時間がないのよ。亮介くんは明日、東京に帰るんでしょ？　わたし、いつ上京できるかわからないし、今しかないのよ」

恭子がぎゅっと手を両手で握ってくる。

きっと、恭子は覚悟をして、高校の制服を着てくれているのだ。二人の時間をあのときに戻すために。

亮介の脳裏を美可子の裸身がかすめた。しかし、初恋の相手への強い恋慕がそれを押し流した。

「恭子ちゃんが好きだ。つきあってくれないか？」

思い切って言う。

「はい！　うれしい」

恭子が抱きついてきた。

恭子は長くつきあっていた彼氏と別れ、上京しようとしている。だから、亮介を頼りたいのだ。それは純粋な恋とは違うかもしれない……。それでもよかった。たとえきっかけがそうでも、つきあううちに、自分を好きになってもらえばいい。

ぎゅっと抱きしめていると、恭子は胸から顔をあげて、上を向き、目を閉じた。熱いものが込みあげてきて、亮介は上から唇を重ねていく。

すぐに、恭子は強く唇を押しつけてくる。

おずおずと舌を押し込むと、恭子は一瞬びっくりしたようだが、すぐにそれに応えて、舌をからめてくる。

考えたら、恭子は長い間、先輩とつきあっていたのだから、キスくらいお手の物だろう。

ちょっと悔しい。だけど、それをわかった上で、自分は告白したのだ。

亮介は舌をからめながら、ブレザーの上から背中を抱き寄せる。

「んんんっ……んんんっ……」

恭子はくぐもった声を洩らしながら、キスを受け止めている。

長いキスを終えて、口を離すと、

「亮介くん、大人になったね。去年のお盆まではまた子供だったのに。年末に逢った瞬間に、きみが変わったってわかった。だから、相談したのよ」

　恭子が見あげて言う。

「何かあったのね？　恋人ができたとか？」

「いや……」

「もしそうだとして、わたしとこんなことをしていいの？　亮介くんとその彼女とのことを壊したくないの。いいのよ、無理しなくても」

　さすがに恭子は勘がいい。昔から、大人びていた。

「……いや、いいんだ」

「ほんとうに？」

「ああ、ほんとうだよ」

「よかった……好きよ、亮介くんが」

　恭子がまたキスをしてきた。

　亮介もそれを受け止め、積極的に舌をからめる。

（時間はかかったけど、俺は初恋の女性とキスをしている。とうとう思いを叶えたんだ！）

　至福が胸のなかを満たす。股間のものがぐんぐん力を漲らせて、頭を擡げてきた。

するど、恭子が唇を離して、にこっとした。

「さっきから、硬いものが当たってるよ」

「あ、ああ……ゴメン」

「謝らなくていいよ」

恭子は右手をおろしていき、ズボンの股間に触れた。それがギンギンになっているのがわかったのだろう。

「すごいね」

耳元で甘く囁き、ズボン越しに撫でさすってくる。

最初はおずおずという感じだったのに、気持ちがこもってくる。

胸板に顔を埋めている恭子の息づかいがそれとわかるほどに荒くなった。

恭子も昂っているのだと思った。

先輩と別れて、寂しかっただろうし、長くつきあっていたのだから、セックスの悦びも知っているはずだ。

「このままじゃあ、つらいよね？」

「ああ、つらいよ、かなり……」

恭子が周囲を見まわして、前にしゃがんだ。

ベルトをゆるめようとしたが、上手くできないようだ。このバックルはいったん持ちあげ、ゆるめてから引かないと外れない。

「待って」

亮介は自分でベルトをゆるめて、ズボンとブリーフを膝までおろした。

勢いよく飛びだしてきた勃起を見て、恭子が一瞬息を呑むのがわかった。

「すごいね。すごく元気」

「恭子ちゃんだから……」

「うれしいわ」

見あげてにっこりして、恭子は根元を右手で握った。

ひんやりした手のひらを感じて、分身がビクンと頭を振る。

それから、恭子はゆるゆるとしごく。

信じられなかった。あの恭子に、勃起をしごいてもらっているのだ。

ちょっと前までは、絶対にあり得ないことだった。

恭子に失恋させ、上京したいと思わせた神様に感謝したくなった。

恭子がちゅっ、ちゅっとキスをする。亀頭部に唇を押しつけると、小さな唇をひろげて、亀頭冠を頬張る。

そのまま、途中まで咥え込んで、肩で息をした。

そのすべてが可憐だ。美可子の熟練した感じとは違って、とてもかわいい。

それでもスムーズにこういうことができてしまうのは、恭子が彼氏と長い間つきあってきたからに違いない。

小さな唇が上下動をはじめた。プニプニの唇がすごく気持ちいい。

「ぁああ、くっ……！」

ゆるやかだった快感が跳ねあがり、急速にひろがってくる。

下を見ると、高校の制服姿の恭子が自分のものを一生懸命に咥えてくれている。

濃い緑のブレザーからのぞく小さなリボンが揺れ、チェックのミニスカートがまくれあがって、むっちりとした太腿が見えている。

そして、すっきりしたふくら脛の途中まで濃紺のソックスが張りついている。

(信じられない。これはほんとうに恭子か？)

顔を見る。

やはり、松田恭子だ。間違いない。

ぐちゅぐちゅと唾音がして、ぽっちりとした唇が勃起の表面にまとわりついてくる。

「ああ、恭子ちゃん……夢みたいだ」

言うと、恭子はちらりと見あげて、微笑んだ。

さらさらのボブヘア、禍々しい怒張を頬張っているその口の尖った顔、胸元に見えるリボンタイ……。

その姿を、校舎の窓から射し込んだ真冬でも暖かい陽光が照らしている。

恭子は手を離して、口だけで頬張ってきた。

両手で、亮介の腰をつかみ、露出した太腿を時々、さすってくる。

最高だった。

初恋の相手にフェラチオされているのだから。

恭子はゆったりと唇をすべらせ、時々、チューーッと吸いあげてくる。

この世のものとは思えない甘い陶酔感がひろがって、

「くっ……！」

亮介は奥歯を食いしばる。

すると、恭子が立ちあがった。

「……して」

チラリと亮介を見る。

亮介はどうしようかと考え、カーテンを閉め切ると、恭子を窓に押しつける。

以前なら、こんなことは考えられなかった。だが、今ならできる。

キスをしながら、胸を揉むと、ブレザー越しに大きな胸のふくらみがしなる。

(大きい。想像していたより、ずっと……美可子さんと同じくらいだ)

その手をおろしていき、ミニスカートのなかに手を忍ばせる。

パンティストッキングは穿いておらず、じかにパンティのすべすべした感触が伝わってきて、そこを指でなぞると、

「んっ……んっ……」

恭子はキスをしながら、ぎゅっとしがみついてくる。

さらに、さすると、パンティの基底部がじっとりと湿ってきた。

「ぁああ、亮介くん。立ってられないよ」

耳元でかわいく訴えてくる。

亮介は教室を見まわし、ふらつく恭子に机の前にある椅子に座るように言う。

座布団の載った木製の椅子に、恭子が腰をおろした。

それから、自らブレザーを脱ぐ。

「寒くない？」

「平気……今日は暖かいし……ありがとう、気を使ってくれて。ほんとうに大人になったんだね」

「いや、それほどでもないよ」

そう言って、亮介は前にしゃがんだ。

ブラウスを押しあげた胸は立派で、高校時代と較べて、随分と大きくなったように見えた。

ボタンに手をかけると、恭子がリボンタイを外して、自分からボタンをひとつ、またひとつと外していく。

こぼれでたブラジャーは純白のレース刺しゅう付きで、たわわな乳房を下から持ちあげている。

（ああ、すごい……！）

感激しつつ、ブラジャー越しに胸を揉みしだいた。

柔らかなふくらみに指が食い込み、形を変え、ブラジャーの上から頂上にキスをすると、

「あっ……あっ……！」

恭子が顔をのけぞらせる。

初めて耳にする恭子の喘ぎ声は、愛らしいが、大人びてもいた。

途端に、イチモツが頭を振る。

亮介はキスをおろしていき、通路を向いて座っている恭子の下半身に顔を埋める。

気持ちの赴くまま、しっかりした太腿と、沈み込む下腹部に頬を擦りつけた。

「ぁああ、亮介くん……」

恭子が上から折り重なってきた。

息づかいを感じる。押しつけられた胸のしなりを感じる。

我慢できなくなって、スカートのなかに手を入れる。パンティをつかむと、恭子が自分で脱いでくれた。両端を持って引きおろし、くるくると巻くようにして、足先から抜き取っていく。

チェックのスカートの足の間に、亮介が顔を割り込ませようとすると、

「このほうが、いいでしょ?」

恭子が自分から片方の足を椅子の座面に乗せた。

(ああ、これが……!)

若草のように薄い繊毛で、地肌が見える。その途切れるあたりに女の花園がのぞいている。

そこはまったく陰毛が生えておらず、左右のぷっくりとした陰唇が丘陵と谷間を刻んでいるのがはっきりと見えた。

顔と同じように、そこもかわいらしく、美可子の成熟したものとは違って、全体が初々しい。

「恥ずかしいよ。亮介くん、見すぎ」

「ああ、ゴメン。すごく、きれいだよ。舐めて、いい？」

「いいけど、その前に……亮介くんはもう童貞じゃないよね？」

「……ああ」

「そうだよね。絶対に、女性を知ってるって思った。いいのよ、聞いてみたかっただけだから。わたしは亮介くんが二人目。田口さん以外は知らないのよ」

恭子が言う。

（そうか……俺は二人目か。だけど、二人目だっていい。恭子ちゃんとできるなら）

亮介はおずおずと顔を寄せていく。ゆっくりと舐めあげていくと、

「くっ……！」

恭子が顔をのけぞらせ、洩れてしまった声を恥じるように、手のひらを口に押し当てた。

プレーンヨーグルトみたいな仄かな味覚を感じながら、狭間を舐める。

「あっ……くっ……ぁあああ、亮介くん。恥ずかしいよ。恥ずかしい……ぁああうぅぅ！」

恭子は喘ぎを押し殺しながら言って、顔をのけぞらせる。

(すごく、感じてくれている！)

うれしい。その反面、恭子は元彼とのセックスで、性感が開発されているのだと感じた。

だが、自分だって美可子と寝てしまっているから、オアイコだ。美可子に教わったことを思い出しながら、淡い色の陰唇を丁寧に舐めるうちに、狭間の粘膜が濡れて、ぬるぬるしてきた。

上のほうの突起に舌を届かせる。

「んっ……んっ……！」

恭子がびくん、びくんと腰を跳ねさせ、もっとして、とでも言うように下腹部を擦りつけてくる。

（ああ、こんなことまで……！）

亮介の股間は痛いほどに突っ張っている。

ここは二人の思い出の教室であり、だからこそ、とても気持ちが昂る。

## 4

「して、いい？」

おずおずと訊くと、恭子が無言でうなずいた。

立ちあがって机につかまり、腰を後ろに突き出してくる。

立ちバックだ。亮介は初めてで、あまり自信はない。だが、ここはやるしかない。

亮介は真後ろに立つ。制服のスカートをまくりあげると、ぷりっとした尻がこぼれでた。

触れると、すべすべで、つるつるだ。釉薬（ゆうやく）をたっぷりかけた陶器のような光沢を放ち、カーテンの閉め切られた教室でも白々と浮かびあがっている。

何かにせきたてられるようにいきりたつものを押しつけた。

（ここか……？）

尻たぶの底の湿った部分を見つけて、徐々に力を入れていく。

（入った……！）

とても窮屈な入口を切っ先が突破していく確かな感触があって、

「あうぅぅ……！」

恭子が苦しそうに机の端をつかんだ。

（ああ、すごい……キツキツだ！）

亮介は途中まで押し込んで、クッと奥歯を食いしばる。

しばらくそのままでいると、馴染んできたのか、きつさがなくなり、切っ先が奥へとすべり込んで、

「ぁあああぁ……！」

恭子がのけぞった。

（ああ、俺はついに恭子ちゃんと……！）

亮介はピストンすることもできずに、その姿勢で初恋の女性と繋がることの歓喜を味わう。

すると、ぬらつく粘膜が波打つようにうごめいて、屹立を奥へと吸い込もうとする。そのくいっ、くいっとした締めつけがたまらなかった。

しばらくそのうごめきを味わった。それから、ゆっくりと腰をつかった。

きゅっとくびれたウエストから張りだしている尻をつかみ寄せ、ストロークを
すると、膣の途中まで屹立が往復して、

「くっ……あっ……あっ……ぁあああうぅぅ」

恭子が机の端をがしっとつかんで、喘ぎを押し殺した。

亮介は遮二無二なって、腰を使う。

「あん、あんっ、ああん……」

恭子が声を跳ねさせて、尻を突き出してくる。

制服のスカートがめくれあがり、真っ白なヒップが揺れる。

強く叩きつけると、パチン、パチンと音がして、

「ぁあああ、気持ちいいの……亮介くん、すごい。あん、あん、あんっ……」

恭子が悩ましい声をあげる。

白いブラウスに包まれた背中が大きく反って、身体が前後に揺れる。

ふいに暴発しかけて、亮介はぐっと奥歯を噛んで、必死にこらえた。

このままでは、すぐに出てしまいそうだった。その前に、もっと恭子に感じてほしい。もっと気持ち良くなってほしい。恭子の感じているときの顔も見たい。

いったん抜いて、言った。

「ゴメン、前からもしたいんだ。きみの顔を見たい」

「恥ずかしいわ」

「あの、そこに、仰向けに……」

木製の机を指す。二人用の木製机だから、人が寝るスペースは充分ある。

「やっぱり、亮介くん、慣れてる気がする」

「そうでもないよ……」

「ふふっ、そういうことにしておくわ」

恭子が机にあがって、仰向けに寝た。

その足をすくいあげるようにしてひろげる。濃紺のソックスが向こう脛の途中まであがっていて、スリッパはもう脱げている。

チェックのスカートがめくれあがって、むっちりとした太腿がM字に開き、その奥に淡い翳りとともに、女の花弁がわずかにひろがって、内部をのぞかせている。

（ああ、これが恭子ちゃんの……！）

とても清楚な感じだったが、こうして見ると、女の器官そのもので、いやらしくぬめ光って、オスを誘っている。

「恥ずかしいよ。あまり見ないで」

「ゴメン……」

謝ってから、切っ先を押し当てる。机の高さはちょうどいい。

少し腰を落として、亀頭部で狭間をなぞると、

「ぁああ、くっ……気持ちいいの。気持ちいい……」

恭子が顎をせりあげる。

「行くよ」

切っ先で狙いをつけて、慎重に押し込んでいく。亀頭部が入口を押し広げていって、

「はうううぅぅ……！」

恭子が机の端を両手でつかんだ。

「くうぅ……！」

と、亮介も歯を食いしばる。

今度はさっきより、なかが柔らかくなっている。ぬるぬるしたものがくいっ、くいっとからみつきながら、締めつけてくる。

「ぁああ、すごい……！」

亮介は歓喜に咽びながら、腰をつかう。

両膝の裏をつかんで、ひろげながら押しつける。すると、尻が少しあがって、挿入箇所が丸見えになった。

自分の勃起しきったものが、若草のような繊毛の底をうがって、出入りしている。

信じられなかった。自分が初恋の女のあそこに硬直を打ち込んでいることが。もちろん、これが現実であるのもわかっている。

射精しないように意識的にゆっくりとストロークすると、蜜にぬめる肉棹が窮屈な膣をうがち、

「あっ……あっ……あっ……」

恭子はそのたびに、胸のふくらみを揺らせて、喘ぎをスタッカートさせる。

声が大きいのに気づいたのか、手のひらを口に当てて、必死に声を押し殺した。

恥ずかしいのか顔をそむけている。さらさらのボブヘアがまとわりつく横顔が

メチャクチャにかわいい。

亮介は右手を伸ばして、乳房を揉んだ。

ブラウスがはだけて、純白のブラジャーに押しあげられた乳房をつかみ、揉みしだく。

すると、それが感じるのか、

「ぁああ、いいの……亮介くん、いいの……いいのよぉ」

恭子は顔をのけぞらせ、顎を突きあげる。

我慢して、ストロークを繰り出した。すると恭子の持ちあがった足の先がぎゅうと反りかえった。

濃紺のソックスに包まれた親指が外に折れ、次に内側によじり込まれる。

(ああ、こんなに感じてくれている……!)

そう思った途端に、抗しきれない快感がせりあがってきた。

「恭子ちゃん、出そうだ!」

「いいのよ、来て。いいのよ」

恭子が顔を持ちあげて、もう一度、きっぱりと言った。

「大丈夫だから」

ならばと、亮介はスパートした。

くの字に折れた足の膝裏をつかんで、ぐいと押しつけながら、徐々にピッチをあげていく。

純白のブラジャーに包まれた乳房が揺れて、

「あんっ、あんっ、あんっ……！」

恭子は両手でしっかりと机の端をつかみ、喘ぎをスタッカートさせる。

蕩けたような粘膜がからみついてきて、快感がぐっと高まった。

遮二無二打ち込むと、恭子は大きく顔をのけぞらせて、

「あんっ……あんっ……あんっ……ぁああ、イキそう。イキそうなの」

さしせまった声を放つ。

「おおぅ、恭子ちゃん、出すよ。出すよ！」

「ぁああ、ください……今よ……やぁあああああああ！」

恭子がコントロールを失ったような声をあげて、のけぞり返った。

「ぁああ、恭子ちゃん！」

止めとばかりに深いところを打ち据えたとき、奥のふくらみがまとわりついてきて、亮介もしぶかせていた。

ドクッ、ドクッと男液を噴き出させながら、亮介は歓喜に酔いしれる。

頭のなかで打ち上げ花火があがっていた。

それでいて、体中が蕩けるような陶酔感に身を任せる。

放ち終えて、静かに離れると、しばらくぐったりしていた恭子が身体を起こした。

机からおりて、パンティを穿き、身繕いをととのえる。それから、

「亮介くんも、これでわたしが真剣だってわかったでしょ?」

亮介の手を握って、ぱっちりとした目を向けてくる。

「ああ、よくわかったよ」

「よかった……明日は東京でしょ? もう帰ろうか」

恭子は亮介の手を握り、二人は教室を出る。

階段を降りながら、恭子が言った。

「わたし、絶対に上京するから」

「わかってる。そのときは、頼ってほしい」

「そうするね。その前にも、連絡入れるね」

「……俺たち、つきあっていることになるのかな?」

「もちろん……わたしはきみに抱かれたのよ。これで、つきあっていないなんてあり得ないでしょ？」

「よかった。安心した」

「ふふ、自分に自信を持って」

恭子は、亮介の背中をぽんぽん叩き、それから、ぎゅっと胸を押しつけてきた。

# 第五章　後ろからお願い

## 1

翌日、亮介は東京に戻った。

美可子も息子もすでに向かいの家に帰っていた。明日から、小学校も大学も授業がはじまる。

その夜、寝室の明かりがついて、臙脂色のバスローブをはおった美可子がベランダに出てきた。

亮介が見ているのがわかったのだろう、にこっと笑って、バスローブの前を開いた。

すると、なかは白いネグリジェ姿で、おそらくノーブラなのだろう、乳房のふくらみや頂上の突起が目に飛び込んできた。

それから、寝室に戻る。

すぐにスマホに、美可子からのメールが届いた。

明日の予定を訊ねてきたので、明日は午後から講義があることを伝えると、

『午前十時に家に来てください。ご近所に見つからないようにね』

と、メールがあり、亮介は迷ったが、

『わかりました。うかがいます』

そうメールを返した。

美可子を抱きたかった。だが、その反面、

(俺には恭子という恋人ができた。そういう状態で、向かいの未亡人の誘いに応じるのはよくないのではないか)

という思いもあった。

それはとても贅沢な悩みで、少し前の亮介からは考えられない懊悩だった。

(俺は恭子が好きだ。恭子の上京を助けてあげたいし、恋人としてもつきあっていきたい。だけど……)

美可子は自分に女を教えてくれた。

それに、あの素晴らしいセックスは、恭子と関係を持っても、亮介の肉体に強く刻まれている。

(だけど、このままでは二股をかけることになる。俺みたいなやつが、二股かけていいはずがない。これ以上関係が深くなったら、ますます言いにくくなってしまう。明日は思い切って、事情を話そう……そうしたら、きっと美可子さんもわかってくれる)

そう心に誓った。

翌日の午前十時、亮介は大学の講義に出る格好で、アパートを出た。周囲を見渡し、人目がないときを見計らって、道路を横断し、指原家のインターフォンを押す。

すぐに、玄関ドアが開いて、美可子が招き入れてくれる。

指原家のなかに入るのは、これが初めてだ。

(うちのぼろアパートとは全然違うな)

きょろきょろしながら、廊下にあがると、美可子が抱きついてきた。

「明けまして、おめでとう。田舎にいるときも、きみにずっと逢いたかったのよ。寂しかったわ」

甘えるように言って、唇を合わせてきた。

濃厚なキスだった。

唇を合わせ、舌をからめながら、下腹部をぐいぐい擦りつけてくる。

仄かに香るフレグランスと熟れた肉の感触が、亮介の迷いを押し流していく。

（ああ、俺はこの人から離れられないかもしれない……いや、ダメだ。言うんだ！）

自分を励ます。

それでも、下腹部のものはむくむくと頭を擡げてくる。

すると、それがわかったのか、美可子の手がおりていって、ズボンの股間をさすってきた。

「こんなにして……来て」

連れて行かれたのはリビングで、広々とした部屋には観葉植物やテレビが置かれ、大きなソファが据えられていた。

ソファに座ると、美可子がその前にしゃがんだ。

ブラウスにカーディガンをはおり、ぱつぱつのスカートを穿いている。

亮介のベルトをゆるめ、ブリーフとともにズボンを膝まで、引きおろす。

（ダメだ。このままでは……！）

うねりあがる期待感を振り捨てて、言った。

「話があるんだけど……」

「えっ……？」

美可子が不思議そうに見あげてきた。

柔らかくウエーブした髪の下で、すっきりした眉がひそめられる。

「あの……俺、じつは……」

その顔を見ていると、なかなか伝えられない。

「何？　いいのよ。話して」

「じつは……恋人ができたんだ」

思い切って言うと、美可子の表情がゆがんだ。

「恋人ができたって……このお正月の間に？」

「はい。S島にいる人で……同級生で、初恋の人で、ずっと片思いでした。それが……」

「名前は？」

「松田、恭子さんです」

「そう……でも、恭子さんにはずっと片思いだったんでしょ？　それが、いきなり？」

うなずいて、亮介は事情を話す。

恭子には年上の恋人がいて、長年つきあってきた。その彼氏と別れた。そして、恭子は島を出て、上京したいという希望を持っており、その際は、亮介も力になると約束したこと……。

「それで、恭子さんとは……したの？」

美可子がアーモンド形の目で、じっと見つめてくる。

「……はい。出身校の校舎で……」

「校舎で？」

「はい……」

「やるわね、意外だったわ……そうか、亮介くんもそういうことができるようになったのか。成長したわね」

美可子が微笑んだので、亮介はびっくりした。

こんなことを打ち明けたら、むっとされると考えていた。だが、美可子はそれを受け入れて、余裕の笑みを返してきたのだ。

「どうしてわたしが怒るの？　確かに嫉妬を感じないと言えば、ウソになるわよ。わたしも女だから……でも、亮介くんに相応しい女性がいずれ現れると思っていた。それが自然だもの。わたしは三十五で、きみは二十歳。こんなオバサンにきみのような若い男の子がずっととらわれているのは、不自然だもの。ただ、それが意外に早かったことに驚いているだけ。言っていることはわかる？」

「はい……」

「でも、思ったんだけど、その恭子さんがほんとうにきみを好きかどうかはまだわからないような気がするの。彼女、いつ東京に出てこられるか、まだわからないんでしょ？」

「はい……努力はしているみたいだけど……」

「恭子さんがちゃんと上京して、亮介くんとおつきあいするようになったら、きみとはもう寝ないことにするわ。そうしなきゃ、きみが悩んじゃうもの。それまでは……いいでしょ？」

「でも……」

「大丈夫よ。わたしは絶対に邪魔をしないから。それに、亮介くんにはもっともっと教えてあげたいの」

艶めかしく見あげられると、もうダメだった。

（この人は俺より何枚も上手なんだ。それに、俺はまだこの人を……）

亮介は「うっ」と呻いた。

下腹部のイチモツをいきなり頬張られたのだ。

温かい口腔のなかで、ぐちゅぐちゅと唇と舌で揉みほぐされると、イチモツがぐんぐん力を漲らせる。

（ああ、気持ちいい……気持ち良すぎる！）

ついさっきまで、別れを切りだそうとしていたのに、この悦びの前では、そんな思いは見事なまでに打ち消されていく。

恭子のフェラチオも素晴らしかった。だけど、美可子の口技は段違いに気持ちいい。

それがギンと屹立してくると、美可子はいったん吐き出して、ちらりと見あげ、

「こんなカチンカチンにしてくれると、女はすごくうれしいのよ」

にっこりして言い、ぐっと屈んで、裏筋を舐めあげてきた。

ツーッ、ツーッとなめらかな舌が這いあがってくる。その間も、睾丸をやわや

わとあやされる。

ぞくぞくっとした戦慄が背筋を貫いて、亮介は呻きながら足を突っ張らせる。よく動く舌が、亀頭冠の真裏をちろちろと舐めてきた。

むず痒いような疼きがぐんぐんひろがって、たまらなくなる。

すると、美可子は亮介の気持ちを察したかのように、上から頬張ってきた。一気に根元まで咥え込み、ぐふっ、ぐふっと噎せた。それでも決して吐きだそうとすることなく、頬張りつづける。

陰毛に唇が接するまで深く咥え、しばらくそのまま、なかでぐちゅぐちゅと舌をからませる。

それから、浅く咥えなおして、素早く顔を打ち振る。

ジュルル、ジュルルッと啜りあげ、いったん顔を離した。そのとき、白い唾液が一滴落ちて、それが落下した自分の膝を手早く拭い、

「涎を垂らしちゃった」

はにかんで、亮介を見あげてくる。

(ああ、かわいい。美可子さんは色っぽいだけじゃなくて、とても、キュートだ!)

また、美可子は肉棹に唇をかぶせて、ゆったりとすべらせる。

手は使わずに、唇と舌だけで、血管の浮きでた肉の塔を一心不乱にしごく。

男を悦ばせようとする情熱が伝わってくる。

美可子は、亮介が他の女を抱いたということを知りながらも、献身的に尽くしてくれるのだ。

そこに、指が加わった。

しなやかな指を根元にからませて、ぎゅっ、ぎゅっとしごきながら、先のほうに唇をかぶせて、指と同じリズムで唇を往復させる。

根元を指でしごかれて、ぐっと性感が高まる。

さらに、敏感なカリを柔らかな唇と舌でなめらかに摩擦されると、それに輪をかけた陶酔感がせりあがってきた。

「ああ、ダメです。出ちゃいます！」

思わず訴えると、美可子はちゅるりと吐き出し、

「ベッドルームに行こうか」

見あげて言う。

やはり、子供も来るこの部屋では、いやなのだろう。

うなずいて、亮介は立ちあがる。

すると、美可子は床に脱ぎ捨ててあるズボンとブリーフをつかんで、先に立って歩きだす。

亮介もそのあとをついていく。

2

美可子はぷりっとした尻を見せて階段をあがり、二階の寝室へと入る。

(ああ、ここがいつも見ている、寝室か……!)

美可子はここでオナニーを見せてくれたのだ。

洋室の片側にセミダブルのベッドが置いてあり、反対にタンスが、奥まったところにドレッサーがある。

そして、今はカーテンがきっちりと閉められている。

美可子はカーテンを一メートルほど開けて、掃き出し式のサッシの前に立ち、

「来て。ここからは亮介くんの部屋がよく見えるでしょ?」

亮介もすぐ隣に立って、向かいのアパートに視線をやった。

（ああ、こんなに……！）

道路を隔てて、カーテンを閉められている亮介の部屋がベランダの柵越しに、はっきりと見える。距離的にも近いから、これでは、亮介が覗きをしていても、丸見えだっただろう。

猛烈に恥ずかしかった。美可子が言った。

「ねえ、後ろから抱きしめて……」

「はい……」

カーディガンをはおった美可子を、両手を腋の下からまわし込んで、おずおずと抱きしめる。

「そうよ……オッパイを触ってもいいのよ。こんな感じで……」

美可子がその手をつかんで、胸のふくらみに導いた。

ブラウスを通して、ブラジャーに包まれたふくらみがしなって、

「んっ……！」

美可子ががくんと頭をのけぞらせ、身体を預けてきた。

さらに揉み込むと、美可子はその手に上から手を重ね、

「ぁあああ……あああ、いい……昔を思い出すわ」

喘ぎながら、言う。

「ダンナさんにもこうされたんですか？」

「ええ……あの人はこうやってわたしを抱きしめてくれたわ。耳元で『好きだよ』って甘く囁くの……きみもやってみて」

「……美可子さん、好きです」

亮介も後ろから、耳元で囁く。

「ああ……『さん』はいらないから。美可子でいいのよ」

「美可子、好きだ」

「ああ、それよ……もっと」

「好きだよ、美可子」

「ぁああ、うれしい……！」

美可子が尻を後ろに突き出して、股間を擦りはじめた。亮介は下半身には何もつけていないから、じかに勃起に尻が触れて、気持ちいい。

すると、美可子が自らブラウスのボタンに手をかけた。

ブラウスのボタンを上からひとつずつ外していき、亮介の手をふくらみに導く。

ラベンダー色のブラジャー越しに、柔らかくてたわわな乳房をはっきりと感じ

る。そこを揉みしだくと、

「ああ、いい……不思議な感じだわ。こうしていると、向かいのアパートから、亮介くんが覗いているような気がする。きみはここにいるのにね……ブラを外せる？　この前、教えたよね？」

「はい……やってみます」

亮介は背中に手をまわして、上下のフックを同時に外す。上手くできて、ブラジャーがゆるんだ。

その余裕のできたブラジャーを下から持ちあげるようにして、じかに乳房をつかんだ。

量感あふれるふくらみが指の形に沈み込んで、しなりながら柔らかくまとわりついてくる。

「ぁああ、いいの、いいのよ……」

美可子は愛撫に身を任せながらも、くなり、くなりと尻を揺すって、擦りつけてくる。スカートに包まれた豊かなヒップが勃起を刺激して、すごく気持ちがいい。

前を見ると、ガラス越しに自分の部屋が見える。

とても不思議な感覚だった。

（俺はあそこで、この部屋を覗きながら、しこしこと勃起をしごいていた）

ふくらみの頂点をつまんだ。くりくりと転がすと、

「んっ……んっ……ぁああ、欲しくなっちゃう」

美可子は右手を後ろにまわして、亮介の勃起をつかんだ。そっと握って、ゆるゆるとしごいてくる。

「あっ、くっ……くっ……」

急激に盛りあがる快感に、亮介は呻く。

「ねえ、後ろから舐めて……」

美可子が両手をサッシに突いて、腰を後ろに突き出した。

亮介はその後ろにしゃがみ、スカートをまくりあげる。

肌色のパンティストッキングが下半身に張りついて、ラベンダー色のパンティが透けだしていた。

「いいのよ。好きなようにして」

亮介は膝を突き、目の前のヒップに顔面を擦りつける。柔らかく弾む尻たぶに頬擦りすると、パンティストッキングの感触が気持ちいい。

それから、尻の谷間に顔を寄せる。

左右の尻たぶをがっちりとつかみ、パンティストッキングの基底部にも鼻を擦りつけ、舌をつかった。

ザラッ、ザラッと舐めあげていくと、

「ぁああ、あうぅぅ……！」

美可子が喘ぎ、切なげに腰を揺すり、もっとばかりに尻を押しつけてくる。

亮介はもどかしくなって、パンティストッキングとパンティを一気に引きおろした。下着が膝までさがって、

「ぁあああ……！」

美可子は期待感に満ちた声を洩らしながらも、太腿をよじり合わせる。

ぐーんと突き出されたハート形の臀部の底に、女の花が開きかけていた。

ふっくらとした肉土手の内側で、二枚の波打つ肉びらがわずかにほどけ、その狭間に濃いピンクの粘膜が顔をのぞかせている。しかも、そこはいやらしくぬめ光っている。

貪りついていた。

舌をいっぱいに出して、舐めあげると、ぬるっ、ぬるっと舌がすべって、

「ぁあああ……ぁああうぅ」

美可子は両手でガラスにしがみつき、気持ち良さそうに顔をのけぞらせる。

仄かな味覚を感じながら、膣口らしいところに舌を押し当て、ぐいぐいと押し込んでいく。

舌が膣口にわずかに入り込んで、

「ぁああ、それ……上手くなったわ。亮介くん、どんどん上手くなっていく……ぁあああ、欲しくなるぅ」

美可子はくなり、くなりと腰を揺らす。

自信が持てた。

亮介は下のほうに口を移し、クリトリスにも舌を伸ばした。

入り組んでいる切れ目の突起をちろちろと舐める。上下に舌を這わせ、左右に弾く。

すると、美可子の様子がさしせまってきた。

「ぁああ、いい……いいの……欲しい。もう欲しい……ちょうだい。亮介くんのカチカチを入れてちょうだい。お願い……」

せがんでくる。

亮介は立ちあがって、いきりたつものを尻の間に擦りつけていく。尻たぶの狭間に沿っておろし、沼地を見つけて、じっくりと腰を進めると、

「ぁあああ、くっ……！」

美可子が顔を撥ねあげた。

「くうぅ……！」

と、亮介も奥歯をくいしばる。

窮屈だが、なかは熱く滾(たぎ)っていて、挿入したばかりなのに、幾重もの肉襞がからみつつ、粘膜が柔らかく包み込んでくる。

較べたくはないが、恭子のそこはキツキツで抜群に緊縮力がある。しかし、美可子のここはまるで生き物のようにうごめきながら、ペニスにからみついてくる。

下を見ると、ふっくらとした左右対称の尻たぶの狭間に、自分の肉棹が出たり入ったりするさまがわかる。

そして、打ち据えるたびに、

「あっ……！　あっ……！」

美可子は喘ぎを絞りだし、必死にガラスにつかまっている。

たまらなかった。

（この人とは別れたくない。いつまでも、この蕩けるような愉悦にひたっていたい……）

ちょっと前までは別れる覚悟でいたのに、今はそれがウソのように、美可子とのセックスに夢中になっている。

「亮介くん、胸を揉める？」

美可子が言う。

「あっ、はい……」

亮介はぐっと右手をまわり込ませて、ブラジャーをずらして、ふくらみをつかんだ。そこはさっきより熱を帯びて、柔らかく形を変え、中心はいっそうしこり勃っていた。

カチンカチンの乳首をつまんで転がす。側面をさすり、捏ねる。

「ぁああ、上手よ。亮介くん、上手よ……ぁああ、疼くの。あそこが疼く……ちょうだい。美可子をメチャクチャにして」

美可子が訴えてくる。

亮介は乳房を鷲づかみにしながら、覆いかぶさるようにして腰をつかう。この体勢では思う存分に腰を振れない。

それでも、感じるのか、

「あっ、ぁあんっ……そうよ。そう……気持ちいい。気持ちいいの……ぁあああ、肩をつかんで。自分のほうに引き寄せて」

美可子が喘ぎながらも、指示をしてくれる。

自分がもっと感じたいから言っているのだろうが、亮介はレッスンを受けているような気持ちになる。

片手を伸ばして、ブラウスの肩をつかんだ。ぐっと引き寄せながら、強く腰を叩きつける。

「あん、あんっ……ぁああ、そうよ、そう……突き刺さってくる。お臍まで届いてる……イキそう。イッちゃいそう……亮介くんも出していいのよ。ぁああ、ダメ、もう許して……あんっ、あんっ、あんっ……」

美可子が身体を揺らしながら、切羽詰まった声を放つ。

「ぁああ、美可子さん……」

力強く打ち込んだ。肩をつかんで引き寄せ、ぐいぐいと突き刺していく。

まったりとした肉襞がもっととでも言うように締まってきて、亮介もぎりぎりまで押しあげられる。

「イクわ、イク、イク、イッちゃう……！　やぁあああぁぁぁぁ！」

美可子がのけぞり返った。

オルガスムスを迎えたのか、膣が収縮する。今だとばかりに打ち据えたとき、亮介も至福に押しあげられた。

3

亮介はベッドに寝そべり、仰臥(ぎょうが)している。

ここには、美可子の夫が横になっていたのだ。それを考えると、申し訳ないという気持ちもある。けれど、夫はもう亡くなってしまっているし、美可子が夫と同じことを要求してきたのだ。だから、いいんだ。

全裸になった美可子が、胸板に覆いかぶせさって、ちゅっ、ちゅっとキスをし、手のひらでなぞってくる。

「まだ、時間は大丈夫でしょ？」

美可子が髪をかきあげながら、ちらりと見あげてくる。

「えっ……ああ、大丈夫です」

ほんとうは、このままでは大学の講義の時間に間に合わない。だが、美可子とセックスができるなら、講義なんて自主休講にしたっていっこうにかまわない。

「よかった」

微笑んで、美可子は胸板から腹部へとキスをおろしていく。そうしながら、脇腹を撫でられると、ぞくっとして震えてしまう。

「敏感ね。うれしいわ」

にこっとして、美可子は顔をおろしていく。

さっき放出したイチモツが半勃起状態でゆるく頭を擡げている。それをつかんで、

「ふふっ、まだぬるぬるしてる。きれいにおしゃぶりするね」

ちらりと亮介を見あげ、肉茎の根元をつかんでぶるん、ぶるんと振った。

頭部が腹と太腿にぶつかって、ぺちぺちと音を立て、刺激を受けた肉棹がぐんぐんと硬くなる。

勃起した肉の塔を、美可子が舐めあげてきた。

垂れさがったウエーブヘアを色っぽくかきあげながら、ツーッ、ツーッと舌でなぞりあげてくる。裏筋を舐められて、分身はますますいきりたつ。

ギンとしたものに付着している自分の愛蜜を、美可子は丹念に舐め清める。粘液を舌でからめ取り、

「シックスナインって、したことないよね？」

顔を持ちあげて、訊いてくる。

「はい……まだないです」

「じゃあ、しようか……」

美可子はいったん立って、尻を向ける形でまたがってきた。目の前に、真っ白な双臀がせまってくる。

（ああ、すごい……オマ×コが丸見えだ！）

さっき挿入したせいか、肉の花が開いていて、よじれながらひろがった一対の花弁の狭間に、ぬらりと光る粘膜がのぞいている。

女性器をこういう角度で見るのは初めてだ。目に焼きつけていると、下腹部が温かいものに包まれた。美可子が分身を頬張ってくれたのだ。

「ああっ、くっ……！」

立ち昇る快感に酔いしれた。

美可子は肉棹を口だけで頬張り、ぐちゅぐちゅと音を立てて、舌をからめてくれている。

顔が上下に振れはじめた。

それから、吐き出して言った。

「いいのよ、舐めて……」

(ああ、そうだった。シックスナインなんだから、クンニをしなくては……)

亮介は顔を持ちあげて、尻たぶを引き寄せる。ぬるっ、ぬるっと舌がすべって、せまってきた女の花園に舌を走らせる。

「ぁああ、あああ……感じる。気持ちいい、気持ちいい……」

美可子は切なげな声をあげて、亮介の勃起をぎゅっと握ってくれる。

悩ましく尻を揺らしながら、屹立をゆるゆるとしごいてくれる。

さしせまってくる快感をこらえて、必死に女のワレメを舐めた。

狭間に舌を走らせ、下のほうで尖っているクリトリスに吸いついた。チューッと吸い込むと

「あっ……ぁあああ……」

美可子の肉棹を握る指に力がこもる。

（確か、ここの皮を剝くと感じるんだったな）

笹舟みたいな形の切れ目にせりだしている突起の下側を押さえて、引っ張った。するとつるっと包皮が剝けて、紅玉のような本体が飛び出してくる。

必死に舐めた。ぬるぬると上下に這わせ、左右に弾く。

また頰張って、今度はつづけて吸う。チュ、チューッと吸いあげると、

「ぁあああ、くっ……！」

美可子は感極まったような声をあげて、がくん、がくんと痙攣した。それから、

「これが欲しくなった。入れていい？」

「も、もちろん……俺もしたいです」

美可子はそのまま前に移動していき、亮介の下腹部にまたがった。蹲踞の姿勢になって、いきりたちをつかんで導き、濡れ溝に擦りつけた。それから、ゆっくりと沈み込んでくる。

肉の柱がくちゅりと体内に招き入れられて、

「ぁあああうぅ……！」

美可子はかるくのけぞり、それから、また腰を落とす。

勃起が温かい坩堝に嵌まり込んでいって、

「くっ……！」

美可子がのけぞったまま動きを止めた。

（気持ちいい。とろとろしたのが包み込んでくる！）

亮介は目を閉じて、もたらされる悦びを味わう。

「ぁああ、ああうぅ」

喘ぎが聞こえて、目を開ける。美可子が前屈みになって、両手をベッドに突き、腰を振っていた。

大きな尻がきゅっと窄まり、突きだされる。

ギンとした肉棹が尻の奥の膣口に嵌まり込み、動くたびに、それが見え隠れする。

そして、美可子は羞恥心をかなぐり捨てたように激しく腰を前後に揺すっては、

「ぁああ、ああ、いい……きみのおチ×チンがいいところを擦ってくる……ぁああうぅ」

心から気持ち良さそうな声をあげる。

肉感的なヒップが亮介に向かって突きだされ、ぐちゅぐちゅと粘膜が擦れる音がする。

亮介の分身が温かい粘膜に包まれながら、美可子の膣を擦りあげている。

美可子がさらに前に屈んだ。

向こう脛を舐めてくる。

つるっとした舌が膝から足首にかけて、ぬるり、ぬるりと走り、それが陶酔感をもたらす。

向こう脛が悦んでいる。

しかも、舌をすべらせるたびに、腰も微妙に動き、イチモツを刺激してくるのだ。

垂れ落ちた髪の先が足をくすぐって、ぞくぞくする。

顔を持ちあげると、左右の尻たぶの谷間にセピア色の窄まりがのぞいていた。

その下では、いきりたちが入口に嵌まり込んでいるさまが、はっきりと見える。

（すごい……！）

こうやって、アヌスも膣もさらすのは、きっと恥ずかしいはずだ。

なのに、美可子は羞恥の箇所をさらしつつも、一生懸命に足を舐めてくれている。

すごい人だ。こんなことをされたら、美可子さんと別れるなんてできない。

「ぁああ、美可子さん。気持ちいい。気持ちいい……」

思わず訴えると、美可子はもっとできるわよとばかりに、ぐっと前に乗り出した。

さらに上体を伸ばし、足の甲から足指にまで舌を届かせる。足の甲からツーッと舐めあげる。

さらに、指と指の間に舌先を潜り込まされると、ぞわぞわっとした戦慄が流れた。

快感のなかで、前を見る。

美可子の上体は亮介の下半身とほぼ折り重なっているから、尻の位置が低い。しかも、尻が亮介のほうを向いているので、双臀の間のかわいらしいアヌスものぞいてしまっている。

すごいのは、自分のイチモツが小さな花芯をこじ開けて、深々と嵌まり込んでいることだ。

左右の肉びらが伸びきって、Oの字にめくれあがり、それが肉棹を押し包んでいる。

「ぁああ……ああん」

悩ましい声をこぼしながら、美可子は丁寧に亮介の足を舐めてくれる。

少し横から見ると、美可子の首の動きがわかる。

存分に舐めまわすと、美可子は上体をあげた。それから、肉棹を軸にして、ゆっくりとまわり、いったん横になって、腰を振った。

「ぁああ、これも気持ちいい……オチ×チンに違うところが突かれるのよ」

真横から見ているので、直線的な上の斜面を下側の充実したふくらみが押しあげた乳房が目に飛び込んでくる。

頂上より少し上についた乳首がこれ以上無理というところまで突き出して、ツンと上を向いている。

美可子は何度か腰を振ってから、またまわり、亮介の腹部をまたいで、正面を向いた。

亮介と目が合い、はにかんだ。

それから、足を大きくM字に開き、前傾して、両手を胸板に突いて、ゆっくりと腰を揺する。

確か、最近では『スパイダーマン騎乗位』と呼ばれているスタイルだ。ＡＶでそう言っていた。

映画の『スパイダーマン』が壁に四肢で張りついている姿に似ているから、こう呼ばれているらしい。

呼び方はどうでもいいが、美可子がそれをすると、すごくエロい。

「ぁああ、あああ……」

美可子は腰を前後に振っては、艶めかしい声を洩らす。

温かい膣に分身が揉みくちゃにされて、亮介は暴発を必死にこらえる。すでに一度放っているから、どうにか我慢できている。

(しかし、この格好、いやらしすぎる！)

足を大きく開いているから、結合部分が丸見えだ。せまっている乳房が少し下を向いているので、いっそうたわわに見える。

「あんっ……あんっ……あんっ……」

美可子が腰を縦に振りはじめた。

前傾し、両肘を絞るようにして、尻を高く振りあげ、そこから落としてくる。

ぐちゅ、ぐちゅっと卑猥な粘着音が響き、

「あっ……あんっ……あんっ……！」

打ちおろした尻で下腹部を打っては、美可子は喘ぎをこぼす。

ベッドが軋み、スプリングで反動がついて、いっそう腰の上下動が激しくなる。

このベッドで、美可子は亡夫と仲睦まじい時間を過ごしたのだ。同じベッドに、向かいの家の大学生を誘い込むのは、どんな気持ちなのだろう?

だが、美可子の脳裏からはすでにそんな意識は飛んでしまっているのだろう、美可子は忘我状態で腰を打ちおろし、

「ぁああ、あああああ……気持ちいい！」

顔をのけぞらせる。

亮介は猛烈に自分でも動きたくなった。美可子を悦ばせたくなった。

M字に開いた左右の太腿を下から支え、少し距離を保つ。そうしておいて、下から腰を撥ねあげる。

すると、屹立がズブッ、ズブッと翳りの底をうがち、

「あんっ……あんっ……ぁあああ、奥に当たってるのよ！」

美可子が顔をのけぞらせた。

突きあげるたびに、たわわな乳房がぶるん、ぶるんと揺れる。美可子の肢体も弾む。

(ああ、俺もこんなことまで、できるようになったんだ！)

これもすべて美可子のお蔭だ。

（もしこの人と出逢わなければ、俺はまだ童貞だった。恭子ちゃんを前にしても、何もできなかった！）

感謝の気持ちを込めて、ズン、ズン突きあげる。

「ぁああ……！　ぁああ……！　はうぅぅぅ」

美可子は一瞬伸びあがった。それから、がくがくっと震えながら、突っ伏してきた。

「ぁああ、亮介くん……すごく進歩してる」

潤みきった瞳で上から見つめ、唇を寄せてくる。

亮介も唇を合わせた。すぐに二人の舌がからみあい、美可子はいったん口を離して、

「ぁああ……」

甘い吐息をつき、また唇を押しつけてくる。

（そうだ。こういうときは……！）

思いついて、亮介は下から腰を撥ねあげてみる。キスをしながら、ぐいぐいと突きあげると、

「んんっ……んっ……ぁあああ、ダメっ！」

美可子は唇を離して、のけぞった。

目の前に、たわわな乳房がせまっている。

亮介は潜り込むようにして、ふくらみにしゃぶりついた。

乳房をつかみ、揉みしだきながら、先端に吸いつく。カチカチの乳首が口腔に引き込まれて、

「ぁあああ、いいの……」

美可子はのけぞりながら、胸を預けてくる。

亮介は胸に顔を埋め込み、左右の乳首を交互に舐めしゃぶった。すると、美可子はますます感じるのか、

「ぁあああ、ああ……気持ちいい。ほんとうに気持ちいいの」

心からの声をあげる。

(俺は今、美可子さんを心底悦ばせている。そういうことができるようになったんだ！)

胸底から、熱いものが込みあげてくる。

## 4

美可子を仰向けにし、膝をすくいあげた。

蜜まみれのイチモツを送り込み、亮介は上体を立てたまま、膝裏をつかんだ。ぐっと前傾すると、

「ぁああ、くっ……奥が……！」

美可子は枕を後ろ手につかんで、呻く。

確かに、亀頭部が深いところに届いているのがわかる。それが理解できるまで成長したのだ。

膝裏をぎゅっとつかんで、押し広げながら、打ち込んだ。

ゆったりとピストンすると、切っ先が膣を擦りあげていって、

「ぁあああ、ああああ……気持ちいい。蕩ける……」

美可子がうっとりして言い、仄白い喉元をさらす。

相手が気持ち良くなってくれると、自分も感じる。女性が悦んでくれることで、さらに、満足感が増すのだ。

そういうことがわかってきた。

（もしかしたら、こうしたほうが……）

亮介は意識的に浅いところを素早く擦る。

すると、美可子が腰を揺すって、

「ぁああ、焦らさないで……ちょうだい。奥にちょうだい！」

焦れったそうに、せがんでくる。

亮介は徐々にストロークのピッチをあげ、振幅も大きくする。

怒張が突き刺さっていき、ぐちゅぐちゅといやらしい音がして、

「ぁあああ、ぁあああ、そうよ。気持ちいい。気持ちいいの……上手よ、上手……ぁああ、おかしくなる」

持ちあげられた足の親指が反りかえった。

それを見ていると、美可子が本気でイキかけていることが伝わってきて、亮介もうれしくなる。

足を放して、ぐっと前に屈んだ。

裸体を抱きしめて、唇を寄せると、美可子は情熱的に唇を吸い、舌をからめる。

そうしながら、開いた足を亮介の腰にからめて、ぐいぐいと下腹部をせりあげて

くる。

（ああ、すごい……エッチすぎる！）

亮介はキスをしながら、腰をつかう。

二人がひとつになったようで、至福が込みあげてくる。

もっと強く打ち込みたくなって、顔を離した。腕立て伏せの形で、下腹部を叩きつける。

「あんっ、あんっ、あんっ……」

美可子は両足を開いて、屹立を深いところに導き、亮介の腕をぎゅっと握る。

たわわな乳房がぶるん、ぶるんと波打ち、縦に揺れる。

カーテンの閉まった薄暗がりのなかで、乳房が仄白く浮かびあがり、美可子の白い喉元がさらされる。

ぐちゅぐちゅと抜き差ししていると、亮介も高まってきた。

「ぁああ、出そうです」

「いいのよ。ちょうだい……ぁああ、わたしもイキそう……」

亮介はもっと強く打ち込みたくなって、上体を立てて、膝裏をつかんだ。押し広げながら、ぐいぐい突き刺していく。

とろとろに蕩けた内部が時々、ぎゅっと締まってきた。

すぐにでも放ってしまいそうなのを必死にこらえて、強く打ち込んだ。

「あんっ……あんっ……あんっ……ぁああ、来るわ。来そう……」

美可子が両手を開いて、シーツを鷲づかみにする。

たわわな乳房を揺らせ、ぐーんとのけぞる。

セミロングの髪が扇状にひろがっていた。眉を八の字に折って、愉悦に顔をゆがませる美可子——。

奥まで打ち込むと、扁桃腺みたいにふくれあがった奥が柔らかくからみついてきて、ぐっと快感が高まった。

「ぁあああ、イキそう……そのまま……そうよ。ぁあああ、来るわ……亮介くん、わたし、イクぅ!」

美可子がシーツを皺が寄るほど強くつかんで、大きく顔をのけぞらせる。首すじが張り、血管が浮きでていた。

亮介も限界を迎えている。激しく打ち据えると、

「ぁあああ、イクぅ…… イッちゃう…… 今よ。やぁああああああああぁぁぁぁぁぁぁ!」

美可子が嬌声をあげて、さらにのけぞり返った。

がくん、がくんと全身を痙攣させる。

さらに激しく打ち込んだとき、亮介も放っていた。

ドクッ、ドクッと男液がほとばしって、その脈動が気持ちいい。

いったんおさまったと思った精液がまた噴き出て、亮介は最高の射精に酔いしれる。

打ち終えて、ぐったりと覆いかぶさっていく。

重なってきた亮介を、美可子はやさしく抱きしめてくれる。

ずっとこうしていたい。

だが、重いだろうと思って、すぐ隣にごろんと横になる。

荒い呼吸がおさまり、美可子が横臥して、身体を寄せてきた。

亮介の腋の下に顔をつけて、

「すごく良かった。亮介くん、ほんとうに上手くなった。もう教えることがないくらい」

囁いて、胸板にちゅっ、ちゅっとキスをする。それから、

「大学の講義があるんでしょ？　行きなさい。大丈夫よ。わたしは心底、満足し

たから。さっ、行って」

ぽんと肩を叩かれて、亮介は後ろ髪を引かれる思いで、ベッドから出た。

# 第六章　向かいの視線

1

二カ月後、松田恭子が東京に出てきた。

会社の面接試験を受けに来たのだ。

以前からＩＴに強く、面接を受けたのも、都心にあるＩＴ関連のベンチャー企業だと言う。

恭子に向いていると感じた。頭もいいし、パソコン関係にも断トツに詳しかったし、ベンチャー企業なら学歴よりも実力の世界だから、恭子にとってはやり甲斐のある仕事場のような気がした。

面接を終えた恭子を迎えに行き、夕食を摂ってから、アパートに連れてきた。

連絡を受けたときに、うちに泊まるように言うと、恭子は『そうする』と答えた。

やはり、あの交際宣言はウソではなかったのだ。

亮介は血湧き肉躍るのを感じた。

二人で駅から歩いてアパートに向かった。アパートが近くになり、

「部屋は狭いからね」

先手を打って言った。

「大丈夫。東京で暮らすのは経済的にも、大変でしょうから。亮介くん、東京で暮らせるだけ幸せだと思う」

そう言って、恭子は腕をぎゅっとつかみ、身体を寄せてくる。

コート越しに柔らかな乳房を感じて、亮介は期待感に胸も下半身も熱くなった。

アパートに入ろうとしたとき、

「亮介くん！」

向かいの家の二階から、声が降ってきた。

ハッとして見ると、そこに指原美可子が立っていた。

手には洗濯物を持っているから、取り込んでいるときにちょうど、二人が通り

かかったのだろう。その偶然に、亮介はドキッとする。

「ああ、はい」

「今日はガールフレンドを連れてきたのね」

美可子がベランダから身を乗り出すようにして、

「かわいい彼女さんね。初めまして」

恭子に挨拶をした。

「ああ、はい……初めまして」

恭子が丁寧に頭をさげた。

亮介も頭をさげて、

「失礼します……行こう」

恭子をせかして、一緒にアパートの玄関ドアを開けて、なかに入る。

「きれいな人……亮介くんはあの人と仲がいいみたいね」

恭子がぱっちりした目を向けてくる。向かいの奥さんと、亮介がどういう関係か知りたいのは当然だろう。

そして、さっき美可子は、恭子が亮介の初恋の相手だとわかった可能性は高い。

亮介もまさか、美可子があんなふうに声をかけてくるなんて、思いもしなかった。

「雪の日にすべって転んだときに、手当てをしてもらって……あの人、ダンナを亡くしているんだ」

「ええ、そうなの？」

「ああ。二年前に亡くしてね」

「じゃあ、あの家にひとりなの？」

「息子さんと一緒にね。今は女手ひとつで子供を育てていて、大変みたいだよ」

「そうなの……あんなにおきれいなのに……人生何が起こるかわからないわね」

「そうだね。そう思うよ」

亮介と恭子は玄関で、靴を脱ぐ。

恭子はそれ以上訊いてこない。まさか、亮介が向かいの家の未亡人に女を教えてもらったなど、絶対に思わないだろう。

二人は玄関で靴を脱ぎ、二階への階段をあがって、部屋に入った。

「へえ、思ったよりきれいにしてるじゃない」

恭子がコートを脱ぎながら、瞳を輝かせる。

「恭子ちゃんが来るから、一生懸命に掃除をしたんだよ」

それも事実だが、もともと美可子が整理整頓をしてくれたから、掃除にさほど時間はかからなかった。ウソをついているわけではない。しかし、美可子との関係を隠しているようで、少しいやだった。

「きれいにしてくれて、ありがとう！」

恭子が胸に飛び込んできた。顎の下に顔を擦りつけて、

「逢いたかった、すごく……」

小柄な肢体を抱きしめると、

「俺もだよ。逢いたかった」

「長かったわ」

恭子が顔をあげて、目を瞑った。

その唇を奪いながら、亮介はこれで、美可子との関係も終わりだと感じた。

美可子は前から、恭子が東京に来たら、きれいに別れましょうと言ってくれていた。

（美可子さんとは完全に切れよう……）

頭のなかで決意をしつつ、唇を重ねた。

ぷっくりとしたサクランボみたいな唇を感じながら、小柄な身体をぎゅっと抱

きしめる。

恭子は背伸びして、唇を合わせ、舌をからめてきた。

すると、亮介の股間もぐんぐんと頭を擡げてくる。

と、恭子が唇を離して、にこっとした。

「もう、硬くなってきた。うれしいわ」

「恭子ちゃんは俺の初恋の人だから」

「ふふっ……すぐにはじめたいところだけど、その前に何か飲もうよ。何があるの？」

「インスタントコーヒーくらいかな」

「じゃあ、作ってあげる」

恭子がキッチンに立って、湯沸かしポットのスイッチを入れて、インスタントコーヒーの粉を二つのコーヒーカップに入れる。

キッチンに立つ恭子の後ろ姿に見とれた。

リクルートスーツらしい濃紺のスーツを着ていた。お尻がきゅんとあがって、スカートが張りつめ、形のいいふくら脛がのぞいている。

夢のようだった。

一度、告白して振られた相手が、今、自分の部屋にいて、コーヒーを入れてくれているのだ。

よくかき混ぜたコーヒーを、恭子が座卓に運んできた。

熱いコーヒーを啜りながら、話しかける。

「感触がよかったみたいで、よかったね」

「ええ……大丈夫だと思うけど、でも、向こう次第だから、ちょっと不安。島を出られかるどうかがかかっているんだけど、会社にはそんなこと関係ないもの」

「恭子ちゃんなら、大丈夫だよ」

「ありがとう。そう言ってもらえると……」

恭子が精一杯の笑顔を作る。

コーヒーを飲み終えて、恭子が立ちあがった。

窓のほうに歩いていって、カーテンを丁寧に閉めきった。それから、

「ねえ、明かりを暗くして」

ちらりと亮介を見た。

「ああ……」

ドキドキしながら、亮介は照明を絞り、枕元の明かりをつける。

恭子がくるりと背中を向けて、上着を脱いだ。ハンガーに丁寧にかけ、ブラウスのボタンをひとつ、またひとつと外していく。

ブラウスを脱いで、純白のブラジャーの背中を見せ、スカートをおろす。

紺色のスカートを抜き取ると、肌色のパンティストッキングを通して、純白のレース刺しゅうのパンティがヒップを包んでいるのが見えた。

そのかわいくてセクシーな姿に見とれながら、亮介も服を脱ぎ、ブリーフだけになった。イチモツがエレクトして、黒い布地を持ちあげている。

恭子がベッドに腰かけて、パンティストッキングに手をかけ、丸めながら足先から抜き取っていく。

それから、背中のホックを外して、ブラジャーを取った。

転び出た大きな乳房を手で隠し、ベッドに入って、布団をかぶり、

「全然、男臭くないね」

亮介を見る。

「恭子ちゃんのために、シーツも替えたから」

そう言って、亮介も隣に体をすべり込ませる。

シングルベッドだから、二人だと狭い。覆いかぶさるようにして、上からじっ

と恭子を見た。

恭子は大きな瞳でまっすぐに見あげてくる。長い睫毛をぱちぱちと瞬きして、言った。

「面接に通ったら、ずっと東京にいられるから、好きなときに逢えるね」

「そうなるといいな。一応、先輩だからいろいろと教えてあげるよ」

「ありがとう……亮介くんが年末にうちの店に来てくれてよかった」

恭子が両手を伸ばして、抱きついてくる。

亮介は唇を合わせながら、ぎゅっと恭子を抱きしめる。

舌をからめているうちに、下腹部のものが嘶いて、ブリーフを持ちあげる。

ドキドキしつつも、今回は男として主導権を取りたいと思う。

顔をおろしていき、首すじから鎖骨へとキスを浴びせ、そのまま乳房をつかんだ。抜けるように白く張りつめたお椀形の双乳は、柔らかく指にまとわりついてくる。

校舎では目の当たりにすることのなかった恭子の乳房はとても豊かで、張りつめた乳肌から、青い血管が透け出ていた。

そして、透きとおるようなピンクの乳首がツンと頭を擡げている。

（ああ、きれいなオッパイだ……！）

初々しさを感じる突起にしゃぶりつくと、

「あんっ……！」

恭子はびくっとして、顎をせりあげる。

突起を舐めると、

「ぁああぁ、くぅう」

恭子がしがみついてくる。

以前なら、どうしていいかわからなくて、恭子を抱くことさえできなかっただろう。

あらためて、自分を男にしてくれた美可子に感謝した。

（美可子さんは今、どうしているんだろう？　二階の窓からこちらを見ているのか？　それとも、息子の相手をしてやっているんだろうか？）

気になった。

しかし、恭子の乳首が硬く、せりだしてくるのを感じたとき、美可子のことは頭から消えていった。

左右の乳房を揉みしだきながら、中心に舌を這わせる。

カチカチになった突起を上下に舐め、左右に弾く。それから、指で側面を捏ねながら、トップに舌を走らせる。

すると、これがいいのか、

「んっ……んっ……ぁあぁ、亮介くん、気持ちいいよ。すごく、いいの……」

恭子が顔をのけぞらせる。

そう言ってもらえると、やる気が湧いてくる。

亮介は片方の乳首も舌で転がし、もう一方の乳房を揉みしだく。

美可子から、女性は両方の乳房を同時に愛撫されたほうが感じると教えられていた。

「ぁああ、あああぁ……気持ちいい……ぁあぁぁぁぁ」

恭子は心から感じている様子で、両手で後ろ手に枕をつかんでいる。

剝きだしになったつるっとした腋が目に入り、乳房から腋の下へと舐めあげていく。そのまま、舌を二の腕へと走らせる。

「ぁあぁあ……ぁあぁあぁ」

陶酔したような声を洩らして、顎をせりあげる恭子を見ていると、男としての悦びがうねりあがってくる。

男も女も相手を悦ばせることが、自分を昂らせることにもなるのだ。

それを、美可子から学んだ。

柔らかくてすべすべした二の腕が震え、きめ細かい肌が粟立っている。

亮介はそのまま舌をおろしていき、脇腹を舐めさげ、パンティに手をかけた。

純白のパンティをおろして、足先から抜き取ると、恭子は恥ずかしそうに太腿をよじりあわせる。

若草のような繊毛が途切れるあたりを、太腿を締めつけて隠している。

亮介は膝をつかんで押し広げ、M字に開いた太腿の底に顔を埋め込んだ。

「ぁああ……！　恥ずかしいわ」

「大丈夫。恭子ちゃんのここはきれいだし、甘酸っぱくていい香りがする」

そう言って、亮介は狭間を舐める。

よじれながらわずかに口をのぞかせている肉びらの谷に舌を走らせると、

「ぁああ、くっ……！」

まだ羞恥心が残っているのか、恭子は足を内側によじる。

それでも、舐めつづけると、むっちりした太腿がゆるみ、ついには膝を立てて開き、

「ぁああ、感じる。感じるの……ぁああ、亮介くん、好き」

セクシーに喘ぎ、好きと言ってくれる。

亮介はますますかきたてられて、ベッドの枕を持ってきて、腰の下に入れた。

これも、美可子が教えてくれたことだ。

尻が持ちあがり、いっそう舐めやすくなった女の園に舌を這わせる。

小さくてあるかどうかもわからないクリトリスを舐めていると、それが見る間に大きくなって、包皮を剝き、現れた肉真珠を細かく舐めた。

やはり、ここがいちばんの性感帯なのだろう、

「あっ……あんっ……！」

恭子は敏感に反応して、口を手のひらで押さえる。

ここが壁の薄いアパートの一室であることを意識しているのだ。

ふくれあがったクリトリスを頰張りながら吸う。チュ、チューッと吸いあげると、

「ぁああうううぅ……！」

恭子が両手で口を押さえて、ブリッジした。それでも、呻きのようなものが洩れてきてしまう。

突起を舐めたり、吸ったりを繰り返しているうちに、恭子はもう我慢できないとでも言うように、下腹部をせりあげ、擦りつけてくる。

2

亮介はブリーフを脱いで、ベッドに仰臥していた。

足の間に腰を割り込ませた恭子が、いきりたつものの感触を確かめるように握って、見あげてくる。

ボブヘアが眉の上で一直線に切り揃えられ、その下でつぶらな瞳がきらきらと光っている。幸せそうな顔に見える。

「夢を見てるみたいだ。この部屋できみを……」

「夢じゃないわ。ほら、こうすれば……」

恭子が裏筋を舐めあげてきた。ツーッ、ツーッと舌が走り、次はジグザグに舐めてくる。

「気持ちいい？」

「ああ、すごく……」

「夢じゃないでしょ？」

「うん、夢じゃない」

恭子は顔をかわいく傾けて、いきりたつものをフルートでも吹くように唇で上下になぞり、それから舐めてくる。

横を向いて、ボブヘアが垂れ落ちる恭子の顔がかわいかった。

いや、かわいいだけじゃなくて、エッチだ。

こちらに向けられた大きな目が、どう、気持ちいい？　と語りかけている。

恭子が上から頬張ってきた。

一気に根元まで唇をすべらせ、引きあげていく。

繰り返されると、ジーンとした痺れが、甘い陶酔感に変わり、

「ぁああ、くっ……！」

亮介は足を突っ張っていた。

しなやかな指が根元にからみついてきた。恭子はぎゅっ、ぎゅっとしごきながら、亮介をちらりと見た。

ぐちゅぐちゅと唾音を立て、口蓋と舌で肉棹を揉みしだき、ちゅるっと吐き出した。

肉の塔を垂れていく自分の唾液を舐めとり、唇をひろげながら、咥え込んでくる。

根元を握りしごきながら、それと同じリズムで顔を打ち振る。

ぷっくりした唇と潤みきった口腔が亀頭冠をすべり、ぐーんと快感が高まった。

恭子はちゅるっと吐き出して、向かい合う形でまたがってきた。

唾液まみれでいきりたつものを、M字に開いた太腿の奥になすりつけ、馴染ませてから、ゆっくりと沈み込んでくる。

分身がキツキツの肉道に吸い込まれていき、

「ぁあああうぅ……！」

恭子は顔をのけぞらせ、上体をほぼ垂直にした状態で、

「気持ちいい……亮介くんのおチ×チン、ほんとうに気持ちいいの。ぁああ、ぁあああああ」

上を見ながら、腰を揺する。

両膝をぺたんとシーツに突いて、腰を前後に振っては、

「んんんっ……んんんっ……ぁあああ、すごい！」

仰向いたままそう言う。

（恭子ちゃんが俺の上で、こんなに……！）

感激した。そのとき、腰の揺れが加速度的に速くなり、

「ぁああ、恥ずかしい……亮介くん、止まらないの。止まらない……ぁあああああ……くっ！」

恭子が亮介に向かって倒れてくる。

折り重なってきた裸身を受け止めて、亮介は背中と腰をがっしりとつかんだ。

そうしておいて、下から突きあげる。

すべすべの肌がしっとりと汗ばんでいて、乳房の弾力が気持ちいい。

抱きしめて、腰を撥ねあげると、硬直が斜め上方に向かって膣を擦りあげていき、

「あん……あん……ぁあん……ダメ、イッちゃう！」

恭子がしがみつきながら、耳元で訴えてくる。

「いいんだよ。イッて……」

亮介はつづけざまに突きあげる。

窮屈な肉路が、ひくひくうごめきながら、肉棹を締めつけてくる。その緊縮力が気持ちいい。

「ぁああ、恭子ちゃん！」

「亮介くん、亮介くん……ぁああ、イク、イク、イッちゃう！」

恭子が体の上でのけぞり、がくん、がくんと躍りあがった。それから、ぱったりと身体を預けてくる。

3

ベッドでぐったりしている恭子を横目に見て、カーテンを開けて隙間を作った。

向かいの家を見ると、二階の寝室には明かりがついていて、一メートルほどに開かれたカーテンから煌々とした明かりが洩れていた。

と、そこにネグリジェ姿の美可子がフレームインしてきた。窓に近づき、サッシ越しにこちらを見る。

亮介が見えているかどうかはわからないが、美可子はじっと向かいのこの部屋に視線を注いでいる。

亮介が恭子と部屋で何をしているかが気になるのは、ある意味自然だ。

姉のような気持ちで見てくれているのか、それとも、多少なりとも嫉妬を感じてくれているのか？

「亮介くん。何をしてるの？」

背中から恭子の声がして、ハッとしてカーテンを閉めた。

「いや、何でもない……」

「ねえ、亮介くん、まだ出してないでしょ？」

「……ああ」

恭子が近づいてきて、亮介を後ろから抱きしめてくれる。

「わたしね……」

「何？」

「亮介くんだと、きちんとイケるの」

恭子が後頭部に顔を寄せてくる。

(と言うことは、元彼ではイケなかったっていうことか？)

それを訊きたかった。だが、恭子に元彼とのことはあまり思い出してほしくない。

「よかった」

亮介が向き直ると、恭子が前にしゃがんだ。

時間が経過して、半勃起状態になっているイチモツを舐めてくれる。

窓を背にして立つ亮介の分身に、丁寧に舌を這わせて、自分の愛蜜を舐め取り、

「……わたし、こういうことしたことないのよ。不思議だわ。亮介くんだと躊躇なくできてしまう。亮介くんって何でも知ってるような気がするし、許してくれそうな気がするの」

もしそうなら、美可子のお蔭だ。

「そうだったら、うれしい」

「亮介くん、頼れそう」

恭子が見あげてきた。それから、大きくなった肉棹に、ちゅっ、ちゅっとキスを浴びせる。

「カチンカチンになった……」

うれしそうに言って、亀頭部の割れ目に舌を走らせる。尿道口をちろちろと舐め、潤んだ瞳で見あげてくる。

それから、舌をいっぱいに出し、勃起をつかんで振って、舌に打ちつける。

ぺちぺちと音がして、亀頭部が恭子の舌を打った。

「一度、こうしてみたかったの。気持ちいい？」

いったん離して、恭子が笑顔で訊いてくる。

「ああ、気持ちいいよ……うれしいよ、すごく。恭子ちゃんがしてくれて」

「ふふっ……」

恭子はにこっとして、また勃起を舌に打ち据えた。

それから、頬張ってくる。

血管の浮きでる屹立に唇をかぶせ、ゆったりと顔を打ち振る。

気持ち良かった。

肉体的なもの以上に、恭子にこの姿勢でフェラチオされていることの悦びが大きい。

美可子も一生懸命に男を悦ばせようとするが、恭子もそうなのだと思った。

(女の人って、すごい……)

恭子はいったん吐き出して、怒張にちゅっ、ちゅっとかわいくキスをした。

それから、根元を握ってゆったりとしごきながら、亀頭部を頬張る。

ぐちゅぐちゅと音を立てて、いきりたちを指と口でかわいがってくれる。

甘い陶酔感が込みあげてきて、

「ありがとう。入れたい」

訴えると、恭子はちゅるっと吐き出して、口許を手の甲で拭う。

亮介はちょっと考えてから、窓の下の桟につかまらせて、腰を引き寄せる。

ぷりっとしたヒップが枕明かりの光に仄白く浮かびあがっていて、そそられてしまう。

谷間に沿って亀頭部をおろしていき、濡れている箇所に押し込んでいく。

切っ先が狭い入口を押し広げていき、

「ああ、くっ……！」

恭子がのけぞって、窓枠をつかむ指に力を込めた。

さっきより明らかに蕩けている粘膜がひくひくっと食いしめながら、分身を温かく包み込んでくる。

「ああ、気持ちいい。恭子ちゃんのここ、すごく気持ちいいよ」

思わず言うと、

「わたしも亮介くんのおチ×チン、すごく気持ちいいよ。校舎でしたときから、気持ち良かった」

恭子がうれしいことを言う。

亮介はゆったりと腰をつかう。

きゅっと締まっているウエストをつかみ寄せて、腰を突き出していくと、いきりたちが恭子の体内をうがち、

「あっ……あっ……ぁああ、声が出ちゃう。聞かれると、マズいよね」

「大丈夫だよ。少しくらい……隣からも、たまにあれの声が聞こえてくるんだ」

「それって、わたしたちの声も……」

「でも、隣のやつ、まだ帰ってないみたいだし。同じ大学生だけど、いつも帰りは遅いから」

言い聞かせて、徐々にストロークのピッチをあげていく。

「あんっ……あんっ……ゴメン。どうしても、声が出ちゃう」

「大丈夫だって」

亮介は屈んで、手をまわし込んで、乳房をとらえた。

柔らかくて、しなやかな肉層をモミモミし、そこだけ硬くなっている乳首をつまんで、転がす。

「ぁああ、そこ弱いの……ぁああ、ぁああ、気持ちいい……亮介、わたし気持ちいい」

恭子が初めて、自分を「くん」なしで呼んでくれた。

二人の距離が縮まった気がして、亮介はうれしくなった。

「恭子ちゃん、恭子！」

名前を呼びながら、びっくりするほどに尖っている乳首を捏ねるうちに、恭子はかわいくてセクシーな声を洩らして、

「ああ、突いて……お願い」

自分から腰を擦りつけてくる。

乳首をいじりながら、腰をつかった。すると、恭子は気持ち良くてしょうがないといった様子で、裸身をよじり、

「ぁあああ、あああああうぅぅ」

と、悩ましい声をあげる。

(もしかして、道ひとつ隔てたところで、美可子さんがじっと目を凝らしているんじゃないか？)

そう思って、ためらった。

だが、それも一瞬で、目眩く快感がためらいを押し流していく。

亮介は胸から手を離し、腰をつかみ寄せて、強く打ち込んだ。

「あん……んっ……あんっ……！」

必死にこらえようとしても、洩れてしまうという喘ぎを洩らして、恭子は背中をしならせる。

自分のアパートの部屋で、一糸まとわぬ姿の初恋の女を、バックから立ちマンで犯しているのだ。

桟をつかんだ手のこわばり、揺れるボブヘア、浮きあがった肩甲骨、弓なりに反った背中、突き出されたつるっとした尻……。

自然に力がこもった。

尻を引き寄せて、遮二無二打ち込むと、

「あん、あん、あんっ……ぁああ、ダメっ……立ってられない」

恭子ががくっ、がくっと膝を落としかける。

「ベッドに行こうか」

繋がったまま、恭子を方向転換させて、ベッドに押していく。

すると、恭子はふらふらしながらも一歩、また一歩と足を出して、進んでいく。

こんなやり方は初めてだ。ＡＶで見たことを真似しているのだ。

美可子の前では年下の男だが、恭子の前では、できる限り主導権を握って、『亮介くんは信頼できる』と思ってもらいたい。

右も左もわからない東京で、恭子が頼れるのは自分だけなのだから、セックスでも信頼できる男でありたい。

ふらふらした恭子をベッドにあげ、いったん抜いて、仰臥させた。

自分もベッドにあがり、膝をすくいあげる。

正面から押し入っていくと、

「ぁあああ、いい……！」

恭子が下から見あげてくる。ぱっちりした目がきらきらしていて、その瞳がエロかった。

繋がったまま、前に倒れて、恭子を抱きしめた。

恭子は小柄で、抱いたときの感触が美可子とは全然違う。すっぽりとおさまる感じだ。

だが、乳房はたわわに張りつめていて、ついつい揉みたくなる。

胸のふくらみをモミモミすると、柔らかい肉層が指の形に沈み、揉んでいても気持ちいい。

「ぁああ、いいの……絶対に東京に出てくるから、そのときはいろいろと教えてね」

恭子が潤んだ瞳を向けてくる。

「ああ、もちろん。恭子なら、絶対に受かるよ。たとえダメでも、違う会社を受ければいい。恭子なら、絶対に大丈夫」

「ちゃん」づけはやめていた。

「……抱いて、ぎゅっと……」

恭子が両手を差し伸べてくる。

亮介は肩口から手をまわし込んで、裸身を抱き寄せる。唇に唇を重ねると、

「んんっ……んんんんっ……」

恭子はくぐもった声を洩らしながら、しがみつき、舌をからませてくる。

二人は今、ひとつになっていた。

これが、恋人同士の至福なのだろう。

長く情熱的なキスを終えて、亮介は乳房を揉みながら、腰をつかった。

たわわで柔らかなふくらみが手のひらのなかで形を変え、しっとりとした乳肌が吸いついてくる。

頂上の突起を指で捏ねると、

「ぁああ、気持ちいい……」

恭子が顔をのけぞらせた。膣がきゅ、きゅっと勃起を締めつけてくる。

亮介は小柄な肢体をがっちりと抱きしめて、腰をつかった。

「ぁああ、あん、あん、あんっ……」

恭子が喘ぎながら、足をからませてくる。

温かくて、蕩けた肉路がくいっ、くいっとうごめきながら、硬直を包み込んできて、甘い陶酔感が徐々に切羽詰まってきた。

「ぁああ、恭子、出そうだ」

「亮介、来て……いいのよ、来て……わたしもイキそう」

恭子がしがみついてくる。

亮介はスパートした。

シングルベッドが揺れて、軋み、

「あん、あん、あんっ……」

恭子が喘ぎながらも、もう放さないとばかりに抱きついてくる。

蕩けた内部がうごめきながら、勃起を内へ、内へと吸い込むような動きをする。

「ああ、すごい……出そうだ！」

「来て……今よ、来て……わたしもイクぅ……！」

恭子がさしせまった声を放って、ぎゅっとしがみついてきた。

「恭子、恭子……！」

呼び捨てにしながら腰を叩きつけたとき、

「あん、あん、あん……イク、イク、イキます……ぁあああうぅぅ」

恭子がのけぞり、駄目押しとばかりに打ち込んだとき、亮介も放っていた。

目眩く、とはこのことを指すのだろう。

下半身の爆発が脳天まで痺れさせる。

ドクッ、ドクッと男液が間欠泉のように噴き出る。

放ち終え、ぐったりと覆いかぶさった。

恭子は時々、痙攣している。

やがて、オルガスムスの波がおさまったのか、亮介の髪を撫でてくる。

「亮介がいてくれて、よかった。きみがいるから、上京しても全然怖くない。これからも、つきあってね」

「もちろん。恭子が東京にいてくれたら、俺もすごく心強いよ」

「よかった……」

耳元で呟いて、恭子がぎゅっと抱きついてきた。

## 4

恭子は翌日、島に帰った。

一週間後に、面接の結果が出ると言っていた。

大学の長い春季休暇に入り、亮介は近くにあるピザ屋のデリバリーをバイクでしながら、恭子からの連絡を待っていた。

その日は、バイトが休みで部屋にいた。午前中にぼんやりと外を眺めていると、アパートの隣に車が停まり、男がひとり出てきた。若くて、ガタイがいい。なかなかのイケメンだ。

（この人は確か……）

美可子がパートをしているスーパーでよく見る店員だ。

その彼が向かいの家のインターフォンを押した。すぐに玄関ドアが開いて、家のなかに姿を消した。

（うん……？　そうか、今日は美可子さん、休みなのか。それにしても、どうしてあの男が美可子さんの家に？）

不思議だった。何か店の話でもあるのだろうか？　しかし、店長クラスならまだしも、一介の店員が店関連の話を美可子とするとは思えない。

（じゃあ、何の用だ？）

暇に任せてぼんやりと眺めた。

小学校はまだ授業があるから、浩樹はいないはずだ。

男はちっとも出てこない。

（おかしいな……もしかして、いや、そんなはずはないだろう。だけど、わからないぞ）

恭子が帰って、美可子から電話が入った。

『彼女がきみの恋人ね。かわいいじゃないの……で、彼女は東京に来ることが決まったの？』

そう訊いてきたので、亮介は包み隠さずに答えた。

『会社の面接を受けたみたいで……受かれば、上京します』

『そう……彼女なら多分、合格するわ。そんな気がするの……じゃあ、わたしたち切れたほうがいいわね。亮介くんも、あんなかわいい恋人がいて、二股かけるんじゃ、いやだものね。大丈夫よ。わたしはもう、きみに関わらないから……彼女、見た目はかわいいけど、すごく勝気だと思うのよね。だから、上手くやりなさい。彼女を尊重するのよ。プライドを踏みにじったら、終わりだと思って。いいわね？』

そう言って、美可子は電話を切った。

さすがだと感じた。

美可子は状況を見て、潔く身を引いた。

亮介の初めての女になり、親切に手ほどきしてくれて、亮介を男にしてくれた。そして、亮介に彼女が出来たのを確認して、さっと身を引いた。

自分はすごい女性に出逢ったのだと思った。これ以上の女はいない。

そんな気持ちがあったから、美可子のことが気になった。

窓から見守っていると、二階の寝室のカーテンが動いた。ハッとして目を凝らす。美可子はカーテンを閉める前に、ちらりとこちらを見た。

きっと、亮介が覗いている姿が見えたのだろう。

真剣な眼差しで、一瞬、亮介を見つめた。それから、サーッとカーテンを閉め切る。そのときに、男の影がちらりと見えた。

（そうか……美可子さん、あの店員と……）

亮介はしばらく向かいの家を眺めていた。だが、動きがないので、カーテンを閉め、ベッドに大の字になった。

（美可子さん、あの男に抱かれているんだ。すごく強がっていたけど、きっと寂しかったんだ。だから……）

美可子は男と別れたからと言って、すぐに違う男を——というような尻軽な女ではない。多分、前からあの男と親しかったのだろう。

（俺がこういうことになって、だから……）

すごく悲しかった。嫉妬もした。

だが、自分は二人とつきあうわけはいかない。恭子のような素晴らしい女性と交際できているのだから、なおさらだ。

（これで、いいんだ。これで、諦めがつく）

それでも、道ひとつ隔てたところで、美可子が他の男に抱かれていると思うと耐えられなかった。

（そうか……美可子さんもこの前、この部屋に恭子が泊まったのを確認して、こんな気持ちになったんだろうな。でも、美可子さんは俺ごときにこんな気持ちにはならないか……）

居ても立ってもいられなくなり、亮介は部屋を出て、アパートから飛び出した。

向かいの家から遠ざかろうと、前の道を早足で歩いた。

なぜか涙があふれてきて、亮介は拭いながら、走りだしていた。


しばらくして恭子から、合格したという電話が来た。

こちらの住居が決まり次第、上京すると言う。

「勤めている店は大丈夫なの？」

心配していることを訊ねると、

『ええ。最初は渋っていたけど、何度も気持ちを伝えたら、わかってくれた。家のほうも、こちらで稼いだお金の幾らかを送ることで、わかってもらった。東京での住まいのほうも、事情を話したら、会社のほうでさがしてくれるって……早く、東京に行きたい。亮介に逢いたい……』

そう伝える恭子の声は、新天地に向かう昂奮と喜びに満ちていた。

夜になり、美可子がパートから帰ってきたのを確認して、電話をした。

恭子が合格して、住居が決まり次第、上京することを告げると、

『よかったわね。でも、彼女なら通るだろうと思っていたから、驚きはないわ。

亮介くん、いい人を見つけたわね……わたしも、いい人を見つけたのよ。お店の人で、とってもいい男なの。きみも見たよね？　今夜の十一時に寝室を覗いてみて。最後だから……』

そう言って、電話は切れた。

午後十一時になって、亮介はカーテンを開けて、向かいの家を見た。

寝室にはカーテンがかかっていたが、隙間から部屋の明かりが洩れていて、美可子がいることはわかった。

（美可子さんはこれが最後だと言った……）

複雑な気持ちで眺めていると、カーテンが開いた。いつもとは違って、向かって左側のカーテンが開き、室内の明かりとともに美可子が見えた。

ハッとした。カーテンの開けられたところの正面にはベッドが置かれていて、白いシースルーのネグリジェをまとった美可子がこちらを向いて、ベッドに腰かけていた。

亮介が美可子を抱いたあのベッドだ。確かに、この位置にあった。

（やはり、最後に覗かせてくれるんだ！）

亮介はこういうこともあろうかと用意していた双眼鏡をつかんで、目に当てた。調節すると……見えた！

美可子がこちらを向いて、微笑んでいる。

美可子には、自分が双眼鏡を使って覗いていたことを伝えてあったから、きっと、亮介が双眼鏡を使っていることはわかるはずだ。

煌々とした明かりのなかで、美可子の手がネグリジェの上から乳房を鷲づかみにした。シースルーの生地から、ノーブラの乳房が透けていて、そこを美可子は揉みしだいている。

ごくっと生唾を呑んでいた。

（すごい、やっぱり、すごい！）

覗きはひさしぶりだったが、やはり、昂奮する。

亮介は美可子を抱いて、その身体もよく知っている。なのに、こんなに気持ちが昂る。

それから、美可子はベッドにあがって、こちらを向いて女座りをした。

ちらちらと亮介を見ながら、ネグリジェを肩から抜いて、もろ肌脱ぎになる。

すると、いつ見ても形のいい乳房がこぼれでて、それをほっそりした指が揉みしめ、『ぁあうぅ』と喘いでいるように見える。

それを、亮介は双眼鏡のレンズを通して、拡大して見ている。

調節すると、美可子の指が乳首を捏ね、全体を揉みしだいているのが、はっきりとわかる。

そのとき、美可子の足が少しずつひろがっていくのが見えた。

双眼鏡を向ける。

むっちりとした太腿が鈍角にひろがり、まくれあがった裾の奥に、翳りとともに女の証が目に飛び込んできた。

美可子の指がおりていき、台形の陰毛の下をなぞりはじめる。

食い入るように見つめていると、指づかいが速くなり、繊細な指が陰部の上を躍った。

そして、亮介は見た。

二本の指が押し当てられて、V字に開くのを。

それにつれて、左右の肉びらもひろがって、内部のぬめりがのぞく。

ズームして、そこを拡大した。

(すごい……真っ赤だ。それに、いっぱい濡れている！)

亮介は今、見えている個所に何度もペニスを挿入した。

だが、もうそれもできない。このショーも、美可子は最後だと言っていた。

(いやだ。もっと見たい。ずっと見つづけたい……)

美可子の長い中指がスーッとなかに消えていった。

抜き差しをする。

いったん引き抜かれた指が、また膣口に沈み込む。

美可子は指でクリトリスをまわし揉みし、ふたたび、奥に入れる。それを繰り返しながら、高まっていく。

開かれた足の親指が反りかえり、太腿がぶるぶる震えている。

亮介は我慢できなくなって、双眼鏡をつかみながら、右手でズボンをおろし、いきりたつものを握った。

ゆっくりとしごくだけで、途轍もない昂奮がうねりあがってくる。

そのとき、美可子が後ろを向いて、何かを取り出した。それは、全体がピンクの半透明のバイブだった。

これにはびっくりした。

本物に似せたバイブをつかんで、美可子は花肉に押し当てた。

そのままぐっと力を込めて、亀頭部をなかに押し込んで、のけぞった。

(ああ、すごい……!)

半透明なバイブが半分ほどもおさまって、くねくねしている。

美可子はゆっくりとそれを抜き差ししながら、あらわになった乳房を揉みしだき、顔をのけぞらせて、喘いでいるように見える。

座っていられなくなったのか、美可子は上体を後ろに倒した。仰向けになって、うねるバイブを翳りの底に押し込んでいる。

倍率を高くすると、バイブが膣に深く入り込み、出てくるさまが、露骨なまでに見えた。

(ああ、美可子さんは最後に見せてくれているんだ!)

昂奮して、亮介は勃起を激しくしごいた。

ものすごい愉悦がひろがってきて、足ががくがく震え、双眼鏡を持った手も震える。

拡大された画像のなかで、美可子の下半身がくねり動いた。

片手で乳房を荒々しく揉みしだき、もう一方の手でバイブを送り込んでいる。

その腰がせりあがる。

ついには、両手を添えてバイブを深く挿入し、ぐぐっ腰を持ちあげる。足がひろがって、ぶるぶると震えている。

（ああ、イクんだ。俺も出す……！）

激しくしごいたとき、美可子が腰をせりあげて、ぐーんと反りかえった。

がくん、がくんと躍りあがり、それから、精根尽き果てたみたいに尻をベッドにつけた。

美可子が昇りつめたのを確認して、亮介も放っていた。

白濁液がガラスに飛んで、たらっと垂れ落ちていく。

それでも双眼鏡を使って見ていると、美可子がだるそうに上体を立てた。

それから、ベッドを降りて、カーテンを閉める。

（もう、終わりなのか？）

亮介はベッドにごろんと横になる。

目を閉じる。瞼の裏に、今見たばかりの美可子の姿が残っていて、それを反芻していると、スマホの着信音が鳴った。

恭子からだった。

嬉々として、通話ボタンを押すと、

『用はないけど、電話しちゃった……』

恭子の明るい声が聞こえてきた。

＊この作品は、書き下ろしです。また、文中に登場する団体、個人、行為などは実在のものとはいっさい関係ありません。

# 向かいの未亡人

2021年 1月 20日　初版発行

著者　霧原一輝

発行所　株式会社 二見書房
東京都千代田区神田三崎町2-18-11
電話 03(3515)2311［営業］
03(3515)2313［編集］
振替 00170-4-2639

印刷　株式会社 堀内印刷所
製本　株式会社 村上製本所


ISBN978-4-576-20205-1
https://www.futami.co.jp/

## 人妻女教師 誘惑温泉

KIRIHARA, Kazuki
霧原一輝

来年三月に教師生活を終える予定の圭太郎だが、かつての教え子で今は同僚となっている淑乃が話がある、という。それは、彼の第二の人生の門出を祝う旅行を、彼の教え子だけでやりたいというものだった。旅行当日に集まったのは、淑乃の他に由季子、瑞希——全員人妻の現役女教師ばかり。なぜか交代で彼に迫ってくるのだが……。温泉情緒漂う書下し旅情官能!

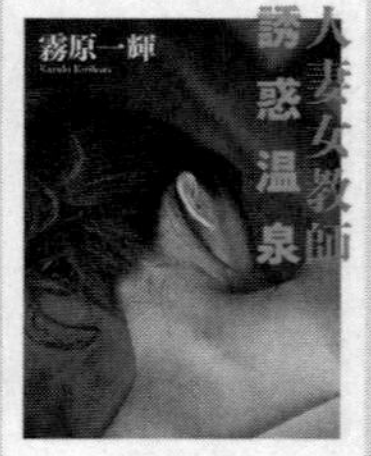

# 回春の桃色下着

KIRIHARA, Kazuki
霧原一輝

孝太郎は70歳。妻を2年前に亡くし、セックスはもちろん、勃起とも無縁の生活を送っていた。そんなある日、箪笥の奥からかつての恋人のパンティを発見する。奇跡的に真空パックされていたらしい。残っていた匂いをかぐと、股間が頭をもたげていた。この匂いで昔のような硬さが戻ってくることに気づいた彼は、大胆になっていくが……。書下しスーパー回春官能！

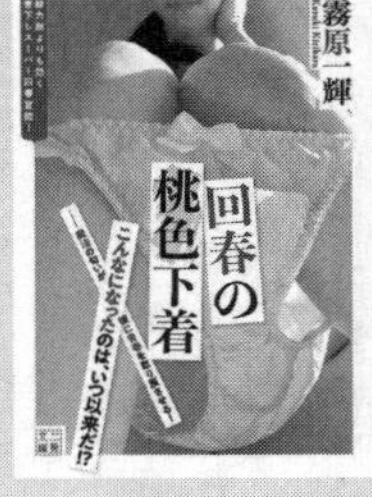

二見文庫

# 向かいの未亡人

霧原一輝